文春文庫

不要不急の男

土屋賢二

文藝春秋

まえがき

本書は『週刊文春』連載「ツチヤの口車」に手直しを加えた文章をまとめたものである。それ以外のものは含んでいない。

それを知って「もっと格調高いものが読みたかった」と失望する人もいるだろう。もちろん格調高いものを収録することも考えた。著作権の切れた『論語』『聖書』『唐詩選』『オイディプス王』などを原語で収録するのは簡単だ。だが「格調高いもの」を寝転んで読めるだろうか。そういうものを読めば、すぐに眠れるかもしれないが、本書もすぐに眠れるのだ。

格調高いものを読むとどうなるか。テレビはEテレしか見ず、本は学術書だけ、起きればラジオ体操、食事は野菜中心腹八分、早寝早起き規則正しい生活、ウソをつかず、清廉潔白、青天白日、純粋無垢、明鏡止水、四角四面、堅忍不抜、謹厳実直、純度百パーセント、糖質ゼロ、脂質ゼロ、カロリーゼロ、カフェインゼロ、純国産、九九・九パーセント除菌、※滅菌、無菌、年金、貯金、暴落、大損、破産、借金、集金、呻吟、サラ金、ヤミ金、監禁、失神、失禁、バイ菌(※に戻る)。こんな結果になってもいいのかと問いたい。

念のために言うが、本書には有益な提言も含まれていない。「提言できないから入れられないんだろう」と思う人もいるかもしれないが、いくら提言しても聞く耳をもつ人がおらず、耳に入れても実行する人がいないのだ。だから提言するのは無意味である。嘘だと思うなら、たとえば
「マザー・テレサと同じ一生を送れ。わたしはそうしないけど」

「本書を十冊以上買うべきだ。いずれ値が上がる可能性がある（千年後には）。下がる可能性もあるが」

と提言したら、一人でも耳を傾け、実行するだろうか。

第一、「こうすればよくなる」と軽率に、あるいは重々しく、提言しても、『『よい』とはどういうことか」という問題をはじめ、多数の問題を論じなくてはならない。議論になったら、わたしはどこまでも負けを認めない覚悟がある。完全に形勢不利になっても、体調不良を訴えるつもりだ。最悪でも時間切れになる。正しいかどうか煮え切らない提言にだれが耳を傾けるだろうか。

では本書に何の意味があるのか。そう問う人は自分が生きていることに何の意味があるかを自問してもらいたい。そして、いかなる情報も提言も提供しないという姿勢のすがすがしさに目を開いてもらいたい。

本書は無理に読む必要はない。買うことに意味があるからだ。「せっかく買った

からには何か情報を得ないと損だ」というせせこましい了見の人は、欲望まみれの生活を脱却してもらいたい。無欲な澄んだ目で虚心に見ると、本書の価値が分かるはずだ。

本書には、一部の新聞や歴史書のようにデッチ上げの事実は載せていない。一部の哲学書のように、深遠な真理に見せかけたインチキ理論もない。一部の料理書のように美味しくないレシピや入手困難な食材を使うレシピは載せていない。一部の旅行書のように、架空の観光地やデタラメの交通情報もない（少なくとも過去にはそういうウソで固めた旅行案内が存在していたはずだ。もし全編デタラメ旅行書が存在していなかったのなら、わたしが書く用意はある）。組立説明書ではないから、どうやっても完成しないという恐れはない。レストランのメニューではないから、料理の内容が分からない心配もなく、サービス料が余分にかかる心配もない。脅迫状ではないから、身代金を払う必要もない。ミステリではないから手に汗を握らなくていい。教養書ではないから、読まなくても罪悪感を抱く心配はない。

何も求めなければこれだけの利点がある。いずれも欲に目がくらんだ人には見えない利点である。

「それなら、いっそ買わなければいいのではないか」と思う人もいるかもしれない。だがそういう人は本書を買う金がもったいないというケチくさい欲の奴隷になっていないか、自問してもらいたい。そんなおぼえはないと言う人は、自覚できないほど欲の奴隷になりきっている可能性がある。

さっぱりと気持ちよく無欲になろうではないか。まず本書を二冊でも三冊でも買うところから始めてもらいたい。

※

『不要不急の男』というタイトルについて説明しておきたい。

わたしは毎日、叱責から逃げ回り、妻の目を避け、テレビ鑑賞に、昼寝に、二度目の昼寝に忙殺され、三度目の昼寝もままならない余裕のない状態だ。だが、それでも全体として見ると不要不急である。不眠不休の生活をしていても不要不急のことがあるのだ。

ちょうど、目も耳も胃も肺もそれぞれ目的はあるのに、人体が全体として何を目的にして作られているのか不明なのと同じだ。あるいは個人個人はそれぞれの役割があるのに、人類全体にどんな役割があるのか不明なのと同じだ。

部分的には必要であったり急を要することであったりしても、肝心の全体としては不要不急なのだ。このような洞察の上に立って謙虚にも、みずから「不要不急の男」と名乗っているのである。誇り高い男が売りたい一心で卑屈になっていることを知った上で買わずにすませる人は、人の心をもっていないと断言する。

目次

五の章

里の章

霧の章

中の章

本書は文春文庫オリジナルです。
初出　「週刊文春」（二〇一九年一〇月一七日号～二〇二〇年一二月二四日号）
扉イラスト　ヨシタケシンスケ
デザイン　大久保明子
※本書に登場する人物の肩書・年齢などは、連載当時のままです。

不要不急の男

の章

不用品判定法

何が不用かを判断するのは難しい。第一、用不用は時期とともに変化する。子どものころの宝（雑誌の付録の『忍術虎の巻』やオモチャの刀）などを大人になっても必要とする人が何人いるだろうか。

先日、物を整理しようとして直面したのが、この「何が不用なのか」という問題だった。物が増えすぎて、居住空間を圧迫しているのだ。家の中にわたしの居場所がない理由の第二位は物が多すぎることだ（理由の一位は人間関係だ）。だから整理したい。そのためには捨てる物と残す物を分別しなくてはならない。

簡単に分別できる物もある。妻が趣味で描いた絵画が大量にあるが、すべて失敗作だから明らかに不用だ。分別は簡単でも捨てるのは難しい。妻の承諾を得るのが一苦労だった。一流の画家は過去の作品にこだわらないこと、ピカソは数十億円の絵を近所の子どもに惜しげもなく与えたなど、作り話で説得した。

その後も簡単ではなかった。絵を描いたキャンバスは、木の枠に布を釘で打ち付けてある。燃えるゴミとして出すには釘を抜かなくてはならない。釘は深く打ち付けてあり、釘抜きでは抜けない。ホッチキスの針を抜く道具でこじ開けるように抜く。キャンバス一枚あたり三十本ほどの釘がある。小さい釘だが、渾身の力がいる（その八割は無駄な力だ）。五年分の体力を使った。

問題は大量にある本だ。若いころから本に大金を投じてわたしが得たものは、貧弱な教養と貧相な外見と狭い部屋だ。本は人格を陶冶（とうや）するのかもしれないが、こんな結果になってまで人格を陶冶する必要があるのかどうか疑わしい。あまりにも疑わしいので、人格も陶冶せずじまいだった。

困るのは、いつかは読みたいと思って大事にしまってある本だ。『唐詩選』とか『和漢朗詠集』とかホメロスの作品などだ。たぶん一生読まないだろう。読むとしても八十年後だろう。

近藤麻理恵さんの判定法は「ときめき」が感じられるかどうかだ。触ってみると、ときめきの代わりに、こんなに有益な本を一ページも読まなかったという罪悪感がこみ上げてくる。それがときめきに入るのかどうか分からないが、苦痛を与える物なら捨てた方がいい。捨てる本に分類すると、自分を否定するような気がしたが、わたしは周りから否定され続けている。自分を否定するのに抵抗はなかった。

その他、格調を高めるような古典は、格調高い順に捨てる本に分類した。理由は、①わたしはすでに十分格調高い②まだ格調の高さを求めるのは早すぎる（何事にも時期がある。三歳児に読ませるか？）③格調を高めるには手遅れだ④格調高くなってもだれも気づかない⑤格調高くなったが最後、下品なものに接することができず、我慢の毎日を送らなくてはならない⑥格調の高さにこだわりすぎるのは小人物の証拠である。

以上の理由から、格調を高める本は捨てる本に分類した。あとは簡単だった。人格を高める本を捨て、余生を一時間でも二時間でも楽しませてくれそうな娯楽本は残しておけばいい。

ふと思い立った。わたし自身は不用ではないのだろうか。ときめきによる判定法を試してみた。だがいくら自分を触っても、ときめかないことが判明した。

妻に触ったらときめくかを試す勇気はなかった。不用かどうかを判断するために妻に触れるのは、トラの頭を撫でるようなものだ。

美女を触ったら胸はときめくだろうが、トラの子どもを撫でるようなものだ。わが家のトラが牙をむいてわたしを食い殺すだろう。

だが、いっそ食い殺されてしまえば、不用かどうかを判断する必要はなくなる。すべてが不用になるから。

違和感のある組み合わせ

違和感のある組み合わせというものがある。たとえば「丸い三角形」には違和感を覚えるが、これは「丸い」と「三角形」が矛盾するからだ。また「巨大彗星は巨大である」という表現も違和感があるが、これは一種の同語反復だからだ。

もっと微妙な場合がある。たとえば「子煩悩な殺人鬼」のように、「子煩悩」のイメージと「殺人鬼」のイメージが衝突するように思われる場合だ。だが子煩悩の殺人鬼が実在しても不思議ではない（ネコ好きの悪人は映画に登場する）。

「スイーツ好きのプロレスラー」や「筋骨隆々の髭面の巨漢の趣味が刺繍」の場合は違和感があっても実在する。その他、「深窓の令嬢が六十歳」も実在しうるし、「貴公子が大相撲の序二段」もかなりの違和感はあるが、存在しうる。

小説などでは、違和感のある組み合わせの方が多い。たとえば学者が冒険する設定は海外の冒険小説でよく使われる（インディ・ジョーンズも学者だ）。飲んだくれで養育費の支払いにも困る敏腕探偵とか、家庭の問題を何一つ解決できないのに難事件を次々に解決する警部などはよくある設定だ。むしろさえない公務員風の中年男が頭脳明晰なスパイという現実にはありふれた組み合わせがフィクションでは意外な設定に感じられるほどだ。

本当に実在しうるかどうかがもっと微妙なケースもある。たとえば「几帳面な豪傑」はありえないような気がする。豪傑なら細かいことにこだわらないと思えるからだ。「運転の下手な天才外科医」もありえないような気がする。天才外科医なら空間認識や道具の使い方に秀でているから運転も上手そうに思えるからだ。

では「タピオカ好きの好青年」という表現はどうだろうか。先日、テレビでこの表現を目にしたときは違和感しかなかった。

わたしはタピオカにも好青年にも出会ったことがない。タピオカは食べたこともなければ、目の中に入れたことも耳に詰めたこともない。汚染された空気を吸う巨大な動物の鼻くそを丸めたような形をしていて、女子高生が好むということ以外、何も知らない。

「好青年」も見たことがない。わたしが見る青年は、軟弱で無定見で軽薄で自堕落で無節操で無責任で不真面目で享楽的で利己的で偏狭だ。一口で言えば、わたしのような連中だ。その中で比較的マシなのが好青年だという認識しかない。

「タピオカ」と「好青年」はどちらも実際に見たことがないのだから経験の結果、違和感を感じているわけではない。また両者の意味の中に衝突する要素があるわけではない。ではこの違和感はどこから来るのだろうか。よく考えると、わたしは好青年に期待をかけているように思える。

「『タピオカ好き』が主な特徴だというのは情けなくはないか？　かりにも好青年なら高い志をもて。せめて『サッカーに打ち込む好青年』や『切手収集にいそしむ好青年』ぐらいになれないか？　好青年なら、どんなにおいしい物でも、女子高生の間で流行っている物を追いかけてたまるかという気概をもて」

この気持ちが違和感の根底にあるような気がする。

違和感の大きい例として、ほかに「よどんだ空気がひんやり冷たい」という表現がある。よどんだ空気なら、ムッとする程度の気温はあるというイメージを何となく抱いているからだ。また「元気ハツラツの好々爺」も違和感がある。「好々爺」は、もっとしなびているような感じがする。

こういった違和感は、人によって違うのではないかと思う。念のため、教え子に聞くとこう答えた。

「もっと違和感の大きい組み合わせがあります。『紳士のツチヤ』や『誠実なツチヤ』とか」

勉強禁止を禁止する

図書館は宝庫だ。入手困難なわたしの本を置いてある可能性がわずかでもある。そればかりか、人格形成に不可欠である。実際、わたしの人格は図書館で形成されたと言っても過言ではない（そんな人格しか形成されないのなら図書館は全廃すべきだと思う人に言いたい。そういう鋭い洞察力はどこで養ったのか、生まれ変わったときのために教えていただきたい）。

わたしは、小学生時代の読書から多大な影響を受けた。図書室でシャーロック・ホームズやルパンを読み終わると、伝記を読んだ。それによって、チャーチルは子どもの頃、池で溺れそうになったことを知り、孔子は大勢の弟子にわけの分からないことを教えたことを知った。

その結果、見よ。恐ろしいことに、わたしはのちに海で溺れそうになり、そのうち、学生にわけの分からないことを教えたのである。影響力はこれほど大きい。キリストやソクラテスなど、非業の死を遂げた人の伝記を読まなくてよかった。

その図書館のかなりの数が勉強禁止だという。最近はカフェもファミレスも勉強ない。

禁止だ。高速道路を運転しながら勉強するのも許されない。勉強するふりも許されない。勉強をサボるのは許されるが、サボっているふりをして勉強するのは許されない。

社会全体に勉強を支援しようという空気がない。これで先進国と言えるのか。だいたい図書館を名乗るには本の数が少ないし、蔵書も偏っている（わたしの本が不自然に少ない）。こんな状態で文化を担っていると言えるのか。悔しかったらわたしの本を揃えてみろ。百部ずつ。

勉強するスペースぐらい簡単に作れるはずだ。高齢者のアルバイトを雇えば、外国の図書館のように夜中まで開けていられるはずだ。篤志家が寄付すればコーヒー飲み放題だって、宿泊施設だって麻雀室だってできるはずだ。

なぜこれが実現しないのか。根底には勉強への不信感があるのかもしれない。自分の経験を基にして、勉強してもロクなことにならないと考えているのだろうが、ノーベル賞級の業績は勉強から生まれたのだ。勉強を禁止されたためにノーベル賞を逃したらどう責任を取るのか。それ以前にノーベル賞を取らないと勉強の意義はないのか。

勉強の効果を認識する必要がある。勉強している最中は、無駄遣い、万引き、暴走行為、ギャンブル、叱責、命令などをしないという絶大な効用がある。ちょうどスポーツが、暴力をふるってもおかしくない人を悪の道から救っているのと同じだ。これこそ治安を根本から改善する方法だ。

受験生だけではない。定年後の高齢者が図書館で新聞を読んで時間をつぶしている。これを非生産的だと言うかもしれないが、人間には非生産的なことをする自由がある。新聞が許されるなら、もちろん勉強も許されるべきだ。

勉強するなら家でやれと言うかもしれないが、勉強というものは自由闊達な雰囲気の中で成り立つものだ。ライオンや独裁者のそばで勉強できるだろうか。

公園のベンチで勉強しろと言うかもしれない。だが公園に長時間いると、①不審者として通報される、②夏なら熱中症、冬なら低体温症、南極なら凍死する、③雑草に潜むマダニに刺されて死ぬなどの恐れがある。

残るは図書館しかない。図書館で勉強を禁止されたために、ギャンブルで年金を使い果たして家庭不和になり、妻に殺される恐れがあるが、それでもいいのか。

これまで社会に貢献してきた（どう貢献したかは調査中）人物をこんな目にあわせていいのか。「いい」という答えは禁止する。

ラグビーの未来

わたしは長年、ナヨナヨしたヤサ男ばかりがもてはやされる風潮を苦々しく思ってきた。それがいかに軽薄な好みであるかを口が酸っぱくなるまで説いてきたが、何の影響も及ぼすことはなかった。だが、ラグビーのW杯によってその風潮が一掃され、ヤサ男に代わって、野獣のようなあらくれ男がもてはやされるようになった。胸がすく思いだ。残念なのは、ヤサ男にもあらくれ男にもわたしが入っていないことだ。

ラグビーも広く認知され、多くの人はいびつな形のボールを奪い合う競技だということを知り、あんなボールのどこにそんな価値があるのかを疑問に思うようになった。

注目に値するのは、ルールを知らなくても手に汗を握るほどスリルを味わえるということだ。ルールを知らない人が将棋の対局を見ても、スリルは感じない。肉弾戦はそれだけ直接的に訴えるものだ。

ルールを知っている方が面白く観戦できるが、サッカーなどのルールに比べ、ラグビーのルールは複雑すぎる（サッカーなら難しいルールはオフサイドだけだ）。しかもラグビーのルールは毎年のように変更が加えられ、選手でさえ全部は知らないという。レフリーもちゃんと分かっているのか、あやしいものだ。

ラグビーに限らず、物事は歴史を重ねると複雑化するものだ。そもそも単細胞生物から進化してきた生物の歴史は、複雑化の歴史だ。法律なども複雑になる一方だ。殺人罪だけでも複雑だ。たとえば薬物の影響下にあるAが睡眠薬入りジュースを作ってBに飲ませようとしたが、Cがそれを盗んで飲んで車に乗り、居眠り運転中、脱走した死刑囚をはね、それを対向車がひき、運ばれた病院で囚人が吐いた一言に医師が身の危険を感じ、不十分な処置ですませ、突然の停電も相まって、死んだ場合、だれが囚人を殺したのかなど、どこまでも複雑な状況がありうる。千差万別の状況に対応した規則は当然、複雑になる。

夫婦関係もそうだ。結婚して十年もたてば、不愉快な出来事や不満が積み重なり、お互いに抱く気持ちは複雑なものになる。

諸儀式も手順が次々に追加され複雑になるし、ネットでの認証も詐欺被害が増えるにつれて複雑になる。複雑化した規則、組織、手順を維持するためにさらなる組織や規則が作られるから複雑化の流れは止まらない。ラグビーが複雑化を続けるとどうなるか、想像してみた。

キックオフしたとたん、レフリーのホイッスルが鋭く鳴った。「トゥー・ラウド」の反則だ。選手の一人が八十八デシベル以上の声を上げたのだ。レフリーの指示でスクラムを組むと、再びホイッスル。選手の顔が地面から五センチ以下になったため「ビロウ・ファイブ」の反則だ。

相手側のボールとなり、再びスクラムを組むと、再びホイッスル。押す方向がまっすぐから八度以上ずれたため、「オーバー・エイト」の反則で相手側ボールになる。十二回繰り返し、スクラムから選手がボールをもって走り出たところでホイッスル。「ノット・ショー・ザ・メーカーズネーム」という、メーカー名を見せるようにボールをもたない反則だ。この反則を犯した選手がヒゲを生やしていたため、相手のペナルティキックとなる（自分のヒゲは見せるのに、メーカーの名前を見せないからだ）。

キックが決まったところで試合終了となり、日本が0—3で負けてしまう。しかし相手チームはこの瞬間、日本チームを負かしたため「ディフィーティング・ジャパン」の反則となり、日本の勝利になる。

試合直後に調査委員会が開かれ、三日間の審議の結果、レフリーの判断ミスが明らかになり、日本が失格になる。

手間がかかりすぎる

人間は自由である。だが不自由である。

生きるのに手間がかかりすぎて自由を発揮する余裕がないのだ。

人生の三分の一は睡眠にとられるが、睡眠中は自由を発揮しようがない。睡眠中は、安らかな表情をしていることからも分かるが、死んでいるに等しい。睡眠を快適にするグッズを買いそろえるのは、墓を飾り立てているような気がする。

昔、自然の言うなりになって眠ってたまるか、と思って自然を相手に闘いを挑んだが、徹夜を二晩しただけで、もうろうとなり、自由を発揮するどころではなかった。その後、連続三十時間死んだように眠り続けたから、自然相手に大敗しただけでなく、大損をしただけだった。

考えてもらいたい。人間は眠るために生まれてきたのではない。風呂に入ったり歯を磨いたり爪を切ったりヒゲを剃ったりするために生まれてきたのでもない。生きるのにこれだけの手間がかかって、自由を発揮する余裕があるだろうか。

自分の身を整えるだけではすまない。環境も整える必要がある。人間が活動するとなぜか決まって乱雑になる。元に戻す作業を怠ると、膨大な時間を無駄にして、ますます自由を圧迫することになる。

昨日も、昔使っていたテレビのリモコンを探すのに四時間かかった(引っ越しの準備中だから特別なのかもしれない。ふだんなら一時間ですむところだ)。やっとリモコンを探し当てると、電池を抜いてある。電池は買い置きしているから安心だ。だが、リモコンに入れる電池を探すのにさらに数時間かかった。買い置きをしていなかったら、近所の店で電池を買うから三十分ですんでいた。買い置きはやめようと決心する。

見つけた電池を入れようとしたら、さっき見つけたリモコンがなくなっている。リモコンは自然消滅しないと仮定し、わたしが無意識のうちに家からリモコンを持ち出しておらず、リモコンが勝手に家を出ず、また、家の中にブラックホールがないと仮定すれば、家の中のどこかにあるはずだ。物を置けるところを自分の頭と肩の上も含め、何回も探したが、いまだに見つからない。

探す途中でメガネがなくなった。「探せば探すほど物がなくなる」というパラドックスが成立しているのだ。それを確証するように、今日になってメガネが見つかり、代わりに印鑑と靴下の片方がなくなった。

このように、片付いていないと、人生を探し物に費やすことになる。だがわたしは片付けるために生まれてきたのではない。探すために生まれたのでもない。

そうならないように置き場所を決めるとどうなるか、簡単に予想できる。置き場所を決めても、置き場所がどこかを忘れてしまう。椅子や机の置き場所なら忘れないが、スマホや爪切りの置き場所となると覚えきれない。記録しておくと、記録した紙がなくなる。だいたい置き場所を覚えるために生まれてきたのか？

さらに、生きるためには、食べなくてはならないが、そのためには働かなくてはならない。それで人生の三分の一はとられる。

自分の身体や部屋を現状のまま保つためだけでも、わたしの試算では、一日につき最低限、四十七時間五十八分三十二秒は必要だ。自由を発揮する時間がとれるわけがない。

もし生きるのに手間がかからなかったら、われわれは毎日創造的な生活をするだろう。そうなれば、恵まれた創造力を遺憾無く発揮して、自分を堕落させる独創的手段を多数開発するだろう（疑うなら、休日をどう使ったかを考えてもらいたい）。

だが疑問が生じる。われわれは堕落するために生まれてきたのか。

苛酷な新競技

東京オリンピックのマラソンが札幌に移されることになった。理由は暑さで脱落する選手が多くなりそうだということらしい。

実際、オリンピック日本代表を決める選考レースが九月に東京で開かれたとき、高温の中、脱水症状になって、吐いたり足がつったりする選手が出た。

高温でなくても、マラソン自体、苛酷だ。わたしがこんな苛酷な競技の日本代表に選ばれたら、重圧と苛酷さで途中棄権するだろう。五十メートル地点で。

わたしを代表にしてはいけない理由がそこにある。

こんな競技がよく許されているものだ。動物に同じことをさせたら、間違いなく虐待だとして動物愛護団体が猛抗議するだろう。

マラソンだけではない。相撲、柔道、ボクシング、レスリングなどの格闘技は、ふつうなら確実に暴行罪に問われる競技だ。それがスポーツの名の下に許され、青少年に奨励されているのだから不思議である。

ふだん暴力は絶対反対だと主張する人が、スポーツでは、何も悪いことをしていない相手を「コテンパンにやっつけろ！　殺せ！」と叫ぶ姿を、夫として横で見ているると、暴力を好む本性が透けて見えて慄然とする（実際、暴力に反対する人のほとんどは、いよいよとなれば暴力に訴えるものだ）。江戸時代以前のように本当に殺し合う決闘が行われたら、おそらく見物したがる人が群がるだろう。

スポーツはルールがあるし、安全な措置を講じているから楽しめるんだと言われるかもしれないが、実際には反則が当たり前のように横行し、負傷者や死者も出るのだから、絶対安全というわけではない。むしろ、危険をかえりみず、身体を張り、命をかける勇気と強さに人々は喝采を送るのだ。

「スポーツだから」と言いさえすれば非道なことが許されるのは、ちょうど芸人が、ライオンの檻に入れられたり、熱湯風呂に入れられるなど、ふつうならいじめとしか思えないことが「お笑いだ」の一言で許されているのと同じである。

ある意味では治療も似ている。医者が患者を昏睡させ、切り刻み、身体の一部を強奪したり（ガン細胞以外の健康な細胞も一緒に除去してしまう）、「これ以上酒を飲むと死にますよ」と脅すなど、ふつうなら悪事を働いているとしか思えない行為が、治療だと言えば感謝されるのだ。

スポーツだと言えば、ほとんどのことが許されるのなら、もっと洗練された競技を考えてはどうだろうか。わたしは以前、新競技の提案をした（五十センチ競走とか、バイアスロンの変種として、クロスカントリースキーの後、射撃する代わりに、針に糸を通す競技など）。だが斬新すぎて、一顧だにされなかった。

今回、また新しい競技を提案したい。というのも、人間が身体だけでなく心ももっていることを考えれば、もっと洗練された苛酷な競技もありうると思うからだ。

・五十メートルのイヤホンのコードが複雑に絡まっているのをほどく間、健康な歯を麻酔なしで一分間に一ミリの割合で削られる競技。

・ボクシングで殴り合いをしながら暗算し、休憩時間にわんこそばの大食い競争をする複合競技。

・五分以内に綱を渡りきらないと、①知られては困る秘密を妻にバラされる、②健康保険の負担分が今後一割増になる、③ネットで恥ずかしい写真をばらまかれる、の三つから一つを選ばなくてはならない競技。

・四百メートル競走の直後に顔の前に置かれたローソクの火が十分間わずかでもゆらいだら失格になる競技。

・哲学書（またはツチヤ本）を眠らずに何時間読み続けられるかを競う競技（本当に読んだかどうかは試験で判定する）。

「ありがとう」と「ごめんなさい」

女が家事をするのが当たり前だと考える男がいるが、わたしの父は家事、育児、商売を一手に引き受けていた。だからわたしは男が家事をするのが当然だと長年思っていた。

家事が女の仕事だというのは根拠のない偏見だ。家事がイヤなら、男の仕事と交換してもいい（ただし家事が時給で計算されるのに比べ、男の仕事は金にならない）。ゴキブリを退治する、家具を移動する、戦争に行く、暴漢に襲われたら身を挺して家族を守る、救命ボートで定員オーバーなら犠牲になるなど、家事よりラクな仕事だ。捨て駒になればいいのだ。ただ、これらが男の役目とされているのも、女の家事と同じく、根拠のない偏見である。

問題なのは感謝の強要だ。「家事をしてもらったら感謝するのが当たり前だ」と考える女がいるが、当たり前でも何でもない。わたしの母は、家事をする父に感謝したことは一度もない。

もしかしたら女が家事をするのは感謝されるためなのか？　そんなせせこましい

了見だとは思いたくない。

男が「気恥ずかしいからいちいち口に出さないんだ。寝ても覚めても感謝し続けている」と抗議しても、恥の観念の希薄な女は「口に出して言わないと分からない」と言う。わたしは長年の学習の結果、自動的に「ありがとう」が言えるようになった。心を込めるのは難しいが、女が求めているのは、「ありがとう」という発言だ。慣れさえすれば、それらしい顔つきを浮かべて発言するのは簡単だ。

また、男が謝らないのを責める女がいるが、「ごめんなさい」と言わせて面白いか？　男が謝らないのは、①悪いことをしたことに気づいていない（どこが悪くて女が怒るのか十回に七回は分からない）②すでに十分反省している（どこが悪いのか分からないまま反省する癖がついている）③プライドを守りたい（非を認めると何か罵詈雑言を浴びせられ、自分は無価値だと思わされてしまう）④非を認めると何か買わされるか小遣いを減らされるなど、れっきとした理由がある。

これも慣れれば、謝罪でも土下座でも反省文でも簡単にできるようになる。

そもそも「ありがたい」とか「申し訳ない」という気持ちは、人に強制されるものではない。強制しても意味がないことを、なぜか人はしばしば強制する。「愛してくれ」「怒るな」「落ち着け」「慌てるな」「恐れるな」「泣くな」「笑うな」「喜べ」「死ぬな」「尊敬しろ」「分かってくれ」など。これらをあえて強制すると逆効果になる。昔、学生があまりにもわたしを軽視するので、「尊敬しなさい」と説いた。

「なぜ尊敬しなきゃいけないんですか？」

「そ、尊敬するものだろう。恩師なんだから」

「人柄が尊敬できません。嘘はつくし、言い訳ばかりするし、昨日なんか、『こんなことも君たちは分からないのか。そんなことでよく大学生を名乗れるもんだ』とバカにしたでしょう？　わたしたちが『じゃあ答えを教えて下さい』と言ったら、『実はわたしも分からない。ただわたしは大学生じゃないから、大学生を名乗れなくてもいい』とおっしゃったんですよ」

「分からないことを分からないと言って何が悪い。分からないことを分かると言えば尊敬できるのか？」

「分からないのならなぜわたしたちをバカにするんですか？　学問的にひどくないですか？　前期の授業では、『これまで三ヶ月かけて述べてきたように考えると、うまくいきません。だから悪い夢でも見たと思って全部忘れてください』とおっしゃったんですよ。どうして尊敬できるんですか？　その上、尊敬を強要するなんて、最低です！」

引っ越しはするな

引っ越しはしない方がいい。とくに集中治療室で治療を受けている人は命取りになるからやめた方がいい。

引っ越しは物体の移動だ。家にある物を極度に圧縮してポケットに入れて運び、湯をかけて三分待てば元通りになる、という技術があれば簡単だった。実際には体力と知力を死ぬほど使う。現にこれまで引っ越しした人は例外なく死んでいる。

引っ越しの準備は一ヶ月前から始まった。本や衣類など極力処分した。引っ越し先が狭いから全部はとうてい入らない。無理に入れると人が入れない。

次々に廃棄していると、捨ててもいい物ばかりだという気がしてくる。だが次の瞬間には、何一つとして捨てられないような気がしてくる。何を捨てるべきかという問題は、今後の人生設計に関わる問題だ。だがわたしの場合、人生設計といっても、「できるだけ苦しまない人生を送る」という目標しかない。結果的に中途半端な捨て方になる。

引っ越し当日、業者が次々運び出していると、二キロのダンベルが出てきた。一度も使わず忘れていた物だ。引っ越し作業中の屈強な若者たちに「ほしい人がいたら差し上げます」と言って失笑を買った。当然だ。毎日重い物を運んでいる人が鍛えたがるはずがない。数学者に九九の練習帳を進呈するようなものだ。

引っ越し作業が終わると、嵐が過ぎ去ったようだ。新しい住居には段ボールの山、わたしの身体には筋肉痛が残った。これからが大変だ。どんな本箱を買えばいいのか、押し入れはどう使えばいいのか。いくら考えても、すべてをきれいに収納し、十人用テーブルとビリヤード台（ビリヤードをやったことはないが）と卓球台とペン立てを置いた上で、歩き回るスペースを確保する方法が見つからない。

こんなとき、ＡＩが寿命、体型、読書傾向、食習慣、与えられたスペースなどから、衣類、食器、本のうち何を捨て、どうしまえばいいかを決めてくれるようになればいいのにと思う。ただその場合、全部まとめて捨てられる恐れがある。わたしも一緒に。

当面は必要な物の確保だ。何かが必要になるたびに段ボールを開けるが、十中八九見つからない。段ボールを移動して次の段ボールを開ける。その繰り返しだ。そのため、まだ見つからない物が多数ある。懐中電灯、サバ缶、シャンプーなど五十種類はあり、全部は覚えていられない。忘れるような物なら見つからなくても困らないはずだが、見つからないと、無料で勝手に住みつかれているような気になる。

人間が生きているかぎり、さまざまな物が必要になる。死ぬと不用品の山ができる。他の生物は死んでも不用品は残さない。象は死ねば象牙を残し、虎は皮を残し、恐竜は化石を、植物は石油や石炭を残す。だが人間が残すのは、現金などを除き、他人にはほぼ不用な物ばかりだ。日本では火葬だから化石になるチャンスもない。

人間が何かをするとき道具が必要になる。道具なしでできることと言えば、深呼吸ぐらいだ。道具という物は、活動があれば必要になり、活動がなくなれば不用になる。だが必要かどうかがはっきりしない場合が多数ある。たとえば大画面のテレビは必要なのか。二センチ角の画面（虫メガネ付き）ではいけないのか。服は何着も必要なのか。娯楽本は必要なのか。これらに答えることができないまま、人間はさまざまな物を買うために働き、それらをどう収納するかに悩み、収納用品を買っては失敗して人生の大半を費やしている。

段ボールからすべての物を出すのがライフワークになりそうだ。

目下の課題は、さっきから探している物が何だったたか、思い出すことだ。

犬が男よりすぐれているところ

ペットブームが隆盛を極め、犬や猫の地位が上がり、男の地位が暴落している。ペットと男では、女が注ぐ愛情が違う。犬を飼っている家で、夫が勝手に服を買ったとしよう。妻との会話はこうなるだろう。

「コートなんか買ってどうするのよ。いっぱいあるじゃないの！　Tシャツが。三枚もあるんだから」

「一枚は縮んで腹が出るし、一枚は脇が破れてるんだ」

「それならTシャツを買えばいいでしょ。コートを買う理由にはならないわよ。それに先週、あなた散髪に行ったばっかりじゃないの。その上コートなんて。稼ぎがないんだから無駄使いしないでよ」

女はこのようなデタラメの論理を勢いで押し切り、夫が反省している間に、犬の服を買い、今月二度目のトリミングに連れて行く。

なぜペットがこれほど愛されるのか。犬好きの女によれば、犬が男よりすぐれている点は百五十八個ある。意外に少ない。一部を取り上げて考察する。

第一に、犬は話さない。

人間は意思をことばで伝達するが、ことばには大きい欠点がある。自分の本心をことばで伝えると、相手はたいてい激怒する。かといって沈黙を守っていると、「何か言いなさいよ」と相手は怒る。本心を言ってもダメ、黙るのもダメなら、嘘をつくしかない。だが嘘がバレると「どうして嘘をつくのよ！」と激怒して修羅場になる。ことばを使うかぎり、平和は訪れない。

犬は賢明にもことばを使わない。女が次のようにホメる通りだ。

「犬はしゃべりたくてもしゃべれない。ワンとかクーンとかしっぽを振ることしかできないのよ。それでもちゃんと気持ちが通じ合う。伝えたいという誠意が違うってこと分かる？しゃべる能力がありながらロクでもないことしか言わない男に爪の垢でも飲ませたいわ」

しゃべる能力がなければいいのか、とも思うが、女は完璧にことばを操って男を責める。責めることにばかりことばを使わないでほしいものだ。

第二に、犬は細かいことで騒ぎ立てることがない。少々のことは意に介さない犬に比べると、男の意気地なさは目を覆うばかりだ。女がこう指摘する通りだ。

「男ってどうして鈍感なの？　わたしが洋服の店の前を通るときの目つきを見れば、どんなバカでも、ウインドウの服を欲しがっていることぐらい分かるでしょ？　そんなことに気づかないことってある？　それほど鈍感なくせに、文句が細かいのよ。『味噌汁がしょっぱくて喉がヒリヒリする』とか『じゃがいもが煮えてなくて歯が欠けそうだ』『牛乳がオレの分だけ腐ってないか？』『風呂がわいたと言われて入ったら水だった』とどうでもいいことで文句を言う（犬がそんなことで文句を言う？）。それに自己愛が強いでしょ？　なぜそんな自分を愛せるのか知らないけど、自分の状態に過敏なのよ。熱が四十度あるとか、左手の感覚がない、右目が突然見えなくなった、というだけのことで死にそうに大騒ぎするでしょ？　動物は黙って耐えるのに、あなた、一度でも雄々しく耐えたことがある？」

第三に、男は女に教えようとする。自分の優位を示すためだ。だが犬は教えようとしない。せいぜい「腹が減った。メシだ。メシっ！」とか「もう散歩の時間だぞ。ぐずぐずしてる暇はないぞ」と教える程度だ。犬がたまに危険を教えると、美談としてニュースになる。

だが男が「そんなに食べていると早死にするよ」と女に危険を知らせても、女は迷惑顔で無視する。そのくせ、病気になると「なぜ強く止めなかったのよ」と非難する。

紙数の都合で打ち切るが、これで確信した。犬がすぐれているのは確かだが、女の論理がデタラメすぎる。

何とかならないか——煩瑣な手続き

先日、誕生日を迎えた。いまや後期高齢者だ。「後期高齢者」という呼称は好きではないが、「終末期高齢者」「年貢の納め時高齢者」よりはマシだ。「仕上げ期」「円熟期」ならもっといい。「未熟期」「生煮え期」ならさらにいい。

後期高齢者になると健康保険の被扶養者に関する手続きが必要だ。

ただでさえ引っ越し後の手続きに追われる毎日だ。転居通知を出し、生命保険、銀行、出版社、電気、水道などの住所変更手続きをしている最中だ。

手続きは各社違う。注意を集中しないと、間違える。もう少し知力が衰えていたら、電気も水道も止められ、契約もしていないガス代の延滞料も払わされるだろう。

手続きを一件百円程度で代行してくれる業者はいない（と思う）。たとえいても信頼できない。自分で業者になろうにも、根気も資力も実行力も献身的な妻もない。

何より、信頼できない。業者になるぐらいなら自分で手続きすればいい。

インターネットでの手続きは複雑すぎて、誤って生活保護を申請しかねない。

やむなく電話に頼るが、なかなか係につながらない。保留音で眠りかけたところへ、係がいきなり本人確認のために住所、氏名、生年月日などを聞くから、しどろもどろになる。まるで認知症のテストだ。結局、手続きは役所に行く必要があることが分かった。窓口でのやりとりを想像した。

係「ここは高齢者福祉課です。健康保険は保険課に行って下さい」

「でもわたしは高齢者だし、保険は福祉だから、高齢者福祉課でいいはずです」

と抗議しても無駄だ。おとなしく保険課に行くと、本人確認を求められるはずだ。熱弁をふるうのはここだ。

「簡単に本人確認と言いますが、そもそも名前が本人の名前だということがどうやって分かるんですか。本人の証言はあてになりません。名前を詐称することがあるし、自分はナポレオンだと思い込むこともあるし、認知症で自分の名前を忘れることもありますから。現に、わたしが目の前でツチヤだと名乗っているのに、わたし本人かどうかを疑われているんだから」

「待っている人がいますから早くお願いします」

「根本にかかわることです。わたしが紳士だとか文豪だと称しているなら疑う人がいても仕方がない。見る目のない人は常にいますからね。ガリレオやゴッホと同じ運命をたどっても、雄々しく耐えるつもりです」

「それより必要書類をお願いします。マイナンバーカードはありますか？」

「もって来てますが、なぜカード一枚で証明できるんですか？　第一、マイナンバーカードを作るにも本人確認が必要です。そのときの本人確認では、マイナンバーカードは不要でした。カードに頼らなくても本人確認はできるんです。逆にお聞きしますが、この窓口が保険課だとどうやって確認できるんですか？」

「この表示板に〈保険課〉と書いてあるでしょう」

「では表示板が道端に転がっていたら、そこが窓口になるんですか？」

「あなたにつき合っている暇はありません。打ち切ります。次の方どうぞ！」

「ま、待ってください。わたしはただ、手続きが煩雑すぎると言ってるんです」

「では簡単に、ツチヤを名乗る人が来たら保険証を発行してもいいんですか？」

「そ、それでもいいぐらいです、極論すれば」

「その人の保険料はあなたの口座から引き落としますが、それでいいんですね」

「そ、それは困ります」

「本人確認を求めるのは、あなたのためなんです」

「す、すみません」

「では印鑑を」

「あっ、忘れました！」

ナメるな

生きにくいはずだ。現在、好ましい人間とされているのは、決断力、行動力に富み、コミュニケーション能力を備えた積極人間だ。

そのあおりで、優柔不断で人付き合いが苦手で自信がもてない人間がさげすまれ、そのあおりで、わたしがさげすまれている。

世の中の人間観はわたしとは正反対だ。わたしにとって好感をもてる人物は、自分の意見を主張できない人、臆病な人、アガる人、緊張する人、一言で言うと、子ネコのような人だ。

わたしの実家では、ネコを何十匹も飼ってきたが、子ネコが初めて家に来ると、例外なく、最初は部屋の片隅で小さくなる。まるで家にいるわたしのようだ。

しばらくすると、子ネコは部屋のあちこちを恐る恐る見て歩く。六畳の部屋でも、子ネコにとっては大冒険だ。周囲を恐れ、おびえる姿。これこそ全人類に見習ってほしい姿だ。

人間が世界に対面すると段階的に変化する。①緊張する、②緊張しなくなる、③

ナメる、④痛い目にあう、⑤自信を失う、⑥緊張する、というサイクルをたどる。二周目以降は、不安と緊張ばかりが強化され、最後は世をすねた老人になる。

現在、評価されている人間は、一言で言うと、世の中をナメた人間だ。根拠のない自信をもち、独善的で我が物顔、傍若無人なヤカラだ。電車の中で立っているわたしの前で、足を大きく広げて座っているそこの若者よ。お前がそうだ。

短い脚をそんなに広げて、見苦しいと思わないか？　詰めればもう一人座れるだろう。もっとこぢんまり座れないか？　ネコを見習ったらどうだ。ネコはいつでもキチッと正座して、占有面積を最小にしている。お前の格好は見苦しい上に、戦術的にも不利だ。両足をもって引っ張る、股間を蹴る、立ち上がろうとするところを掌底で顔を突くなど、攻撃されやすい。お前が宮本武蔵でも伊東一刀斎でもないことが丸わかりだ。

何よりも、世の中をナメていないか？　なぜ世の中に危険はないとタカをくっていられるのか。かりにわたしが暴力団だったとしてもそんな座り方をするか？包丁をもった男や絶世の美女が目の前に立っても、同じ座り方をするか？　大富豪、大統領、格闘家、キリスト、真っ青な顔色をして今にも吐きそうな男、ヒグマ、スズメバチ、ゴキブリが目の前にいてもそんな座り方をするか？　電車の中に爆弾が仕掛けられているとアナウンスがあっても座り方を変えないか？

わたしは貧相でハンサムなだけの男に見えるだろうが、ナメたらあかん。食中毒で次の瞬間吐く男かもしれない。見た目で判断したら痛い目にあうぞ。妻を見ろ。控えめな女だと思ったら、とんでもない女だったじゃないか。

こう見えても、わたしは若い男とケンカして負けたことは二回しかない。「若い男」と言っても、幼稚園児じゃないぞ。小学生だ。

ほかにもこれまで何度修羅場をくぐり抜けてきたか。先日も、妻に平謝りに謝り、やっと許してもらえそうだと思って気を抜き、「映画に行ったのは違う女なのね」という妻の問いかけについ「うん」と言ってしまい、大きい秘密がバレて修羅場になった。そういう経験を一度でもしてみろ。「うん」も言えなくなる。

世の中、危険に満ちている。恐慌や大災害ですべてを失うかもしれない。致命的な病気にかかるかもしれず、通り魔に殺されるかもしれない。家の中にトラックが突っ込んでくるかもしれないし、宇宙人にさらわれるかもしれない。危険がいっぱいだという自覚があったらナメていられないはずだ。あっ、お前に説教しているうちに乗り過ごしたじゃないか。分かったか。ナメるとこうなるんだ。

長文読解力の問題について（長文注意）

長文の読解力がないのはスマホのせいだとするスマホ原因説を支持する立場としては、たとえば、歴史上、知能指数が群を抜いて高いと推定されているカントが『純粋理性批判』などで、一文が一ページに収まらない長文を多用した例を挙げ、スマホを使わなかったカントと知能指数と長文の間に相関関係を想定し、一般にスマホのなかった古代では、形容詞を多用して一文がかなりの長さになっているのが普通であるという事実も援用して、スマホがない方が長文に親しみやすいと主張する歴史的アプローチがある一方、これに反対して、同じ『純粋理性批判』をスマホで読む人と紙に印刷された本で読む人の間にどんな違いがあるのかという疑問、また、紙の原稿用紙に執筆する人とスマホに入力して執筆する人の間にどんな違いがあるのかという疑問があり、これらがいずれも難問である（実証的に示すにはどんなデータを集めればいいのか、紙の書籍でもスマホでも読む人の場合をどう扱うか、さらには、紙の原稿用紙に執筆した著者がスマホで自分の原稿を読み返す場合をどう扱うかなど）と指摘し、スマホ本体よりもアプリに問題があるとの立場から、長文を書こうにも長文禁止のアプリが主流を占めており、このアプリの常用によって、長文で送信すると相手が理解するかどうか確信がもてず、それ以前に、自分の気持ちを長文で表現できているか確信がもてなくなっているという事態（たとえば「ぼくはあなたのことが頭から離れず、もしかしたら好きになったのかもしれないと思っていましたが、ここ数日、夢の中にあなたが登場し、包丁をもってぼくを刺そうとするので、ぼくは逃げまどったり、原稿用紙百枚の反省文を書かされたりするため不安になり、夢の意味を研究している友人――といっても月一か年十ぐらい会って話をする程度の仲ですが――に相談すると、『これだけのデータでは断定することはできないが、この夢は予知夢の可能性があり、数年後あるいは数十年後のお前の姿をあらかじめ夢に見ている可能性もあるが、逆に、そういう事態に陥らないよう気をつけろと無意識が警鐘を鳴らしている可能性も考えられ、さらには、お前がひそかにそういう目にあいたいという願望の無意識的表現かもしれず、いずれにしても、注意が必要だ』と言われ、ますます混乱し、悩む日々を送っているうちに食欲までなくなり、おかげで十キロの減量に成功しましたので、とりあえず感謝の気持ちをお伝えします」といった文が相手に正しく伝わるかどうか、それ以前に本人が何を伝えたいかを自分で把握できているか疑わしい場合など）を引き起こすとする主張もあり（これに対して「アプリこそスマホの本質をなすものだ」との反論もある）、さらにこれに対して、短文禁止のアプリを作れば長文に親しむようになるのかと反論する論者もあり、さらには、より原理的に、「そもそも長文を読み書きするにはそれなりの必然的理由がなくてはならず、その理由にこそ長文読解問題の本質がある」と主張し、たとえば雪は白いという想念しかなければ「雪は白い」と短文で表現し尽くされるが、雪に関して複雑な想念が形成されれば、それを表現するには長文が必要になるはずだから、若者の考える内容自体が単純かつ貧弱になっていることこそが長文問題の本質だと主張する論者が現れ、これはこれで、そもそも思考が貧困化した原因をいまは論じているのだからその指摘は意味がないとする反論を招くなど、論点は多岐にわたり、簡単に決着がつきそうにない状況である。

表現力と思考力——テストできるのか？

大学入学共通テストへの記述式問題の導入が見送られた。記述式が必要だと考えられたのは、表現力と思考力をテストするためだったという。

だが、そもそも表現力や思考力をテストすることができるのだろうか。

かりに「スイスの首都はどこか知っていますが、表現力不足で答えられません」と受験生が言ったら、納得できるだろうか。「最大の素数が存在しないことは証明できますが、表現力不足で答えられません」と言えば、表現力不足のせいだと納得するだろうか。

納得できるはずがない。これらは表現力不足ではなく、たんに地理や数学の能力が不足しているだけだ。

地理でも数学でもなく、「純粋の表現力」をテストするというなら、どうやってテストするのだろうか。

もしかしたら、「文章による表現力」つまり「文章力」をテストしたいのかもしれないが、文章力といっても、短い文章で多くを語る能力、論理的に説得する文章を書く能力、長編小説を書く能力、説明しているように見えて実質的に何も言っていない文章や、わざと矛盾した文章や、読む気を失わせる文章や、心から反省しているように思わせる文章を書く能力など、さまざまだ。

このような文章力をもつ受験生が入学したら、中身のないレポートを出し、欠席の言い訳が上手など、迷惑なだけだ。

これとは別に、心の中を表現する「表現力」をテストするというなら、すでに十分すぎるほど備わっている。とくに人の欠点を指摘したり、相手の誤りを責めるときには、迷惑なほど表現力を発揮する。怒りや軽蔑を理路整然と、あますところなく、ときには爆発的に表現することができる。表現力が必要なのは、何も言い返せないでうなだれている男だ。だがこの場合も、必要なのは表現力ではなく、力関係の改善である。

思考力についても疑問がある。高度の思考力や表現力は大学に入ってから教えるべきものだ。たとえば哲学的思考力や数学的思考力は、哲学や数学を学ばないと身につかない。

そして哲学や数学を学ぶには、原則として、特別な思考能力は必要ない。常識的な思考力でいい。

必要な論理的思考力はすでに備わっている。相手の矛盾は鋭く指摘するし、相手へのダメージになるなら自分が矛盾を犯すこともいとわない。こういう能力をテストするならわたしの妻など最高点を取るだろう。

現行の入試でも、論理的思考力はテストされている。論理的思考力はだれもが等しくもっている。ではどうやってテストしているのか。

以下に論理的能力をテストする例題を挙げよう。

【問題】□に最も適切なものを入れよ。

あと二十年確実に生きるためには□のがよい。

①毎朝早起きして運動する
②二十年間暴飲暴食する
③すべての欲を断つ
④適度な運動と正しい食事をする
⑤不老長寿と宣伝されている薬を飲む
⑥病気にならないで健康を維持する
⑦絶対に死なないという強い精神力をもつ

この問題を解くには常識があればいい。人は病気だけでなく事故や殺人でも死ぬという常識を忘れなければ、⑥は選ばない。また、「早起き」「運動」「長寿」などの文言に惑わされなければ、正解が②であることは分かるはずだ。「二十年間暴飲暴食すると言うのだから、二十年間生きているに決まっている」と考える程度の常識的論理能力があればいいのだ。この問題が実質的にテストしているのは論理的能力というより、注意力である。

純粋に論理的能力を問うのも困難だ。

『春の海』の思い出

年末年始は日本中が音楽に染まる時期だ。十二月になると商店街はクリスマスソング一色になる。正月になると『春の海』一色だ。

季節の風物詩だとキレイ事を言わないでもらいたい。どんな名曲でもこんなに続けて聞かせられたら苦痛になる。どんな名文でも何度も読むとイヤになるのと同じだ(それにしてはわたしの書く文章が何度読んでもイヤにならないのは不思議だ。たぶん読み終えた瞬間に忘れるからか、数行で眠ってしまうからだろう)。

とくに『春の海』には忘れられない思い出がある。数十年前、二十人ほどの聴衆の前で、わたしは和服に身を包み、母が弾く箏をバックに『春の海』を尺八で演奏したのだ。

母は大観衆の前で何度も演奏してきたプロだ。わたしはそれまで尺八を吹いたことがない。だが縦笛なら小学校で吹けた。尺八は大きく分類すれば縦笛の一種だ。こう思って、本番の数週間前、細めの物干し竿を切り取ったような尺八を五百円で買い、『春の海』を暗譜するまで練習し、完璧な状態に仕上げた。

本番になると、聴衆の期待が肌に感じられる。いくら期待しても、まさか安物の尺八から度肝を抜く音が出てくるとはだれも想像していないはずだ。音を聞けば、わたしへの評価はいやが上にも高まるに違いない。

重視したのは出だしの部分だ。春を迎えた竹の芯から弾け出るような音で聴衆を驚かせる、まさに聞かせどころだ。大自然の息吹のように、腹の底から荒々しく息を吹き込むと、迫力のある音の代わりに出たのは、「スー」という息の音だった。完全な空振りだ。

聴衆の困惑が伝わってくる。わたしは一瞬動転したが、わざと音を出さない新奏法だと言い張れないことはない。次の音によって修復することに希望をつなぎ、出した次の音は、どんな名人が出そうと思っても出せないような極度に情けない音、カエルがつぶれたような音だった。

いくらひいき目に見ても個性的とか新奏法と言ってごまかせるレベルではない。だれの耳にも明らかに失敗した音だ。演奏前の意気込みはまたたく間に雲散霧消し、代わって動揺が全身に広がった。聴衆の困惑がひしひしと伝わってくる。

たしかにわたしは尺八を手にしていたが、それだけでは演奏しているとは言えない。ちょうど哲学者だからといって思慮深いとは言えないのと同じだ。そのときのわたしがまさに「尺八を手にもっているが尺八を演奏しているとは言えない無思慮な哲学者」だった。

一方の母は、流れるように箏を弾いている。流麗で優雅な音の流れの中に一音一音が躍動している。

もし箏の演奏がなかったら、新米の小僧が一生懸命風呂の火を起こしているか（わたしの尺八が火吹き竹そっくりだ）、肺活量の測定をしているか、口から無理やり竹を吐き出しているところかと思うだろう。

途中から完全に母の独奏状態になり、わたしは真っ赤な顔をして、時折目の前が真っ暗になりながら、息を尺八に吐き続けたが、出るのは「スー」という音ばかりで、上ずった音がかすかに混ざるだけだった。

時間がたつのが長く感じられることは多いが（歯医者にドリルで削られるとき、妻に説教されるとき、意味不明の学会発表を聞くときなど）、このときほど長く感じられたことはなかった。途中からは一切の希望は消え、少しでも時間を消費するのを期待して「スッスラスッスッスー」と、ひたすら息だけを出すころには、絶望しかなかった。

正月に『春の海』を流すのはやめてもらいたい。数十年たったいまでも、尺八の一音一音に絶望が胸につきささるから。

運まかせの問題点

われわれは運に左右されるのが嫌いだ。運まかせでは、確実な結果は得られず、一瞬先がどうなるかも分からない。運まかせで設計した飛行機には設計者も乗りたがらない。

逆巻く海に浮かぶ木の葉のように運命に翻弄されるのは小説の中だけでいい。そこからの脱却を図った人類は科学を発達させ、確実な結果を手に入れてきた。

だが他方、われわれは予見できないものを好み（ミステリなど）、運命に翻弄されたがる（ギャンブルなど）。わたしも運に翻弄されるのが好きだ。大学生時代の試験前がそうだった。

勉強すればいい点が取れるのは分かっている。だが、そんな決まりきったレールに乗って何が面白いのか。スリルも何もないではないか。レールに乗るぐらいなら、運を天にまかせて花と散る方がマシだ。努力して決められた通りの結果を出すのは、サルが決められたボタンを押してバナナを手に入れるのに等しい。それよりも、木の葉のように翻弄されていれば予想もしない桃源郷にたどり着くかもしれない。男なら一か八か、一発大逆転を狙え。ただ、何しろ運まかせだ。結果がどうなるか見当もつかない。

そう思ったわたしは、試験前日、いい点が取れるかどうか、トランプで運を占った。いい結果を出そうと何度も試みて徹夜したが、好結果は出なかった。翌日のテストの結果は悪く、占いは的中した。わたしはこのやり方で、占いを的中させ続けた。

後年、反省した。占いに頼ったのは愚かだった。その時間アルバイトをして宝くじか馬券を買えば二重にスリルが味わえたはずだ。

その後、運まかせは自粛した。運に頼って（原稿の締め切り日が奇跡的に何の理由もなく一週間延びるとか、連載を休んでも編集者を含め、だれ一人気づかないとか）サボるのは、十五回に一回程度に激減した。

だがそれでも運まかせは好きだ。問題は、どうなれば運がいいのかが分からないことだ。たとえば宝くじに当たるのは幸運だとされているが、それだけでは運不運は決められない。次の事例を考えてもらいたい。

【事例1】宝くじを買い続けて五十年、八十五歳のとき念願の一等を当てた。だがその翌日、運悪く、会社の金を使い込んでいた容疑で逮捕され、その後十年間服役した。服役中、宝くじで当てた十億円の使い途を考えながら悔しさ半分、幸福感半分で過ごしたが、刑期満了時には、認知症が進行し、宝くじのことも何も分からなくなっていた。

次の事例はどうだろうか。運に恵まれないと幸福な結婚生活は望めないが、実際には、事態が複雑すぎて運不運の判定は難しい。

【事例2】胃の調子が悪くて胃カメラの検査を受けると、運よくガンではなかったので、鼻歌を歌い、スキップしながら帰っていると、運悪く財布を落としてしまった。運よく通りがかった美しい未亡人が拾ってくれたのをきっかけに付き合いが始まった。だが数ヶ月後、運悪く妻にバレた。妻に詰問されているとき、運よく電話がかかり、ホッとして電話に出ると、運悪く原稿を催促する出版社からの電話だった。平謝りをしているうちに、謝罪ばかりの屈従の人生が突然イヤになり、全財産を妻に譲って離婚し、執筆業から足を洗った。未亡人は運よくも天使のようにやさしかった。これほど親切にされたことがなかった男は、未亡人と結婚し、夢にも見たことのない幸福な生活を送った。だが未亡人が結婚したのは金目当てだった。知らないうちに多額の保険金をかけられ、毒を盛られて殺されたが、男は何も気づかず、幸福だと思い込んだまま、何度も妻への感謝の言葉を口にしながら死んでいった。

の章

化けライオンの恐怖

わたしは恐がりだ。人一倍危険を察知する能力が発達しているのか、毎日何かに怯えながら暮らしている。

どんな生物も、怯えることによって生き延びてきた。不可解な現象に接すると本能的に最悪の事態に備える。路上の縄を見てヘビだと思うのもこのためだ。

もし怯えることがなければ、宝くじに全財産をつぎ込み、「わたしは巨乳の未亡人です。つき合ってくれませんか」というメールに簡単にダマされるだろう。

奇妙なことに、怯えやすさと軽率さはしばしば両立する。先日がそうだった。

夜中にトイレに起きてドアを開けるたびに威嚇するような声が聞こえる。昼間は聞こえないのに、夜中になると、ドアの開閉音で安眠が妨げられて腹を立て、妻が怒鳴っているか、ライオンがうなっているか、どっちにしても猛獣系の声が隣の部屋から聞こえてくる。人が苦しくて出すような弱々しい声ではない。いまにも襲いかかろうとして威嚇するような声だ。

こんなとき、声の正体をつきとめることはできるものではない。もしかしたらわたしが逆らっている夢を妻が見て、腹を立てて怒鳴っているのかもしれない。そんな妻を起こしたら寝ぼけて何をするか分からない。あるいは、ひょっとしたら妻は「化け猫」ならぬ「化けライオン」なのか？　隣の部屋を開けてそんなものを目撃したらわたしは一生立ち直れないだろう。

真相を確かめる勇気はなく、怯えながら寝床で小さくなって寝るしかなかった。行動を起こせず、ただ怯えるしかない経験は、過去にもある。

大学生のころ、下宿していた。民家の二階の四畳半の部屋だ。部屋の中には万年床が敷いてある。

夜中にふと見て驚いた。畳の上に巨大なハエがいる。錯覚かと思って何度も見たが、どう見てもハエだ。四、五センチはある。何にしろ、通常サイズより巨大化した物は気味が悪い。ノミやアリが巨大化したら恐ろしいはずだ。

放射能か何かの影響で突然変異したために ハエが巨大化したのだろうか。

ハエは身動きしないが、たまにかすかな脚の動きは見られる。いまはじっとしていても毒をもっているかもしれない。突っついたりしたら、暴れて危害を加えるかもしれない。万一そうなったら逃げ場がない。

どうしたらいいか分からず、怯えながら、できるだけ離れて小さくなって寝るしかなかった。

翌日になってもハエは身動きしないままじっとしている。こんな気持ちの悪い物と一緒にいたくない。自主的に退去してくれるよう祈りながら、戸を開けっぱなしにして早々に外出する。

数日後、巨大なハエはいつの間にか姿を消していた。布団の中にいないことを何度も確かめてやっと安心し、久しぶりに安眠した。

二週間後、ひらめいた。あの巨大なハエは、実はセミだったに違いない。夜中に見たためセミだと思わず、愚かにもハエだと思い込み、「ハエにしては大きいから、放射能か何かで巨大化したのだろう」と推理したのだ。軽率な思い込みで無駄に怯えてしまった。

それから五十年以上たった現在、隣の部屋から聞こえてくる猛獣系のうなり声に怯えながら、小さくなって寝る日が続いた。数日後、意外な真相が判明した。

吊り戸が枠に擦れて音を立てていたのだ。昼間は生活音に紛れて聞こえなかったが、擦れると隣の部屋からうなり声が出ているように聞こえるのだ。あれほど怯えた原因は、ドライバー一本で簡単に解決した。

軽率な判断で勝手に怯えていたのだ。自分の軽率さをこれほど喜んだことはなかった。妻が化けライオンでなくてよかった。

出た！　赤字が出たのでも、お化けが出たのでもない。わたしの新刊が出たのだ。

「それなら赤字やお化けみたいなものだ」と言う人は、実際にそうかどうか、買って確かめてもらいたい。

文春文庫では、ちょうど二十六冊目という節目である。そんなに出しているとは信じられないと言うなら、書店で確かめてみてもらいたい。わたしの本がせいぜい一冊か二冊しか並んでいないのを目にするだろう。それを見れば、二十六冊も出版しているとは思えなかった理由が分かるだろう。

書店に並んでいない理由の一端は、わたしの執筆姿勢にある。

これまでわたしは、売れさえすればいいという商業主義を排し、あえて売れない本を書く清廉路線を貫いてきた。なぜそんな路線をとるのかと問う人もいるだろう。とくにわたしがふだん十円二十円にこだわることを知っている人ならそういう疑問を抱くだろう。

その答えを知りたければ、過去の歴史的名著を見てもらいたい。たとえばカントの『純粋理性批判』、アリストテレスの『形而上学』、トマス・アクィナスの『神学大全』を一読すれば、売ろうという気持ちが欠けているということ以外、一ページも理解できないことが分かるはずだ。にもかかわらず、これらの本は世界中の言語に翻訳され、いまだに売られている。『聖書』に至っては、売ろうという意図もないどころか、ホテルの机の中に無料で置かれている。それでいながら、過去に出版された本の中では最大の売り上げを誇っている。

もはや明らかだろう。逆説的ではあるが、「売らんかな」の姿勢で書いた本は売れず、売れ行きなど眼中にない本こそ、桁違いに売れるのである。

この真理を発見したわたしは、いかにも売れそうな本が次々にベストセラーになっていくのを横目で見ながら、『聖書』は最初から売れたわけではないと自分に言い聞かせ、最後に笑うのはわたしだと信じてはや二十有余年、あくまでも愚直に、少数の知性をもった人が買ってくれることに一縷（いちる）の望みを託してきた。人口が減ってきたとは言え、先進国だ。知性をもった人は百万人はいると思ったが、売り上げから判断される知的人間の数の少なさに、国を憂えるようになった。

わたしの本のせいだと言う人もいるだろう。だが、

①これ以上質を上げる能力はない。かといってこれ以上質を落とす余地はない（地

面に落ちたボールをさらに落とせるか?)。

②問題は本の質ではない。本に何を読み取るかは、読む者次第だ。力量さえあれば、ゴミの中に宇宙の真理を見出し、幼児のカタコトに人間の本質を読み取り、中年女の怒声に男の悲哀を看取することができる。

力量がなければ、読まなくてもいい。辛抱強く何冊でも買い続ければ、「これだけ金をかけているのだから無価値のはずがない」と無理にでも思うはずだ。わが国にはその程度の度量の広い人もいないのか。

新刊のタイトルは『日々是口実』である。「日々是好日」ということばがあるが、これは本来、どんなことがあってもそれぞれすばらしい一日だ、という境地を表す深遠なことばだ。そのことばを口実に追われる毎日という卑賤な方向にねじ曲げざるを得ないのは、まわりの心ない人間のせいだ。わたしのすべての言動に合理的説明を求めるという、まわりからの非合理的要求に悩まされ、その連中を納得させるために嘘をつき、口実をひねり出さなくてはならない毎日なのだ。

そんな苦しい毎日を綴ったのが『日々是口実』である。共感できる人は多いはずだ。そこに一縷の望みを託している。

いつもそこにある奇跡

　奇跡はいたるところにある。引っ越しすると、旧住所宛の郵便物が転送されてくるが、次回から新住所に郵送してもらおうと電話するときもそうだ。
わたし「住所変更をお願いしたいんですが」
相手「えっ、住所を変更しろとおっしゃるんですか？　立ち退きですか？」
わたし「立ち退きじゃありません！　引っ越しです」
相手「なぜ引っ越ししなきゃいけないんですか？」
わたし「わたしが自分の意志で引っ越ししたんです」
相手「何だ！　驚かさないでくださいよ。うちの会社に移転しろとおっしゃっているのかと思いました」
　こうなっても不思議ではないのに、混乱が避けられているのは奇跡だ。
　この前、ある出版社に住所変更で電話した。
「ではまず都道府県名をお願いします」
　最初に都道府県名を聞かれるのは初めてだ。

　ここで気がついた。昨年、その出版社が出している警察官向けの雑誌に寄稿した。いつお世話になるかもしれないと思って、力作を書いたのだ。

執筆者だと伝え、問題なく住所変更はしてもらえたが、考えてみれば、簡単にすんだのは奇跡だ。次のような展開になることも十分ありえた。

「住所変更をお願いしたいんですが」

「それなら不要です」

「どうしてですか？　万一逮捕されると、住所不詳と報道されるんですよ？」

「逮捕される恐れがあるんですか？」

「と、とんでもない。わ、悪いことはしていません」

「本当ですか？　いま認めれば、自首扱いになりますから後々ラクですよ」

「まるで取り調べだ。疑わしきは罰せずの原則はどこに行ったんですか？」

「疑わしいけど、まだ罰してはいません。挙動不審だから質問しているだけです。吐くならいまのうちですよ」

「な、何も悪いことはしていません。強いて言えば、妻の財布から金を抜いたぐらいです」

「それは窃盗の可能性があります」

「でもでもでも、家族の金を盗っても窃盗にならないと何かで読みました」

「あなた、罪になるかどうかを調べて行動するんですか？　清廉潔白な人はそんなことをしません」

「でも罪にならないんだから問題ないでしょう」

「さっき言ったように、窃盗の可能性があります。あなたの言う『妻』が家族だと証明できますか？」

「そ、そんなこと証明しなきゃいけないんですか？」

「当然です。家族でなきゃ窃盗です。戸籍が抜かれてないと証明できますか？　あなたが奥様の財布から金を抜いて喜んでいる間に、籍を抜かれてたりして」

「じ、冗談でしょう。無断で籍を抜くのは犯罪です」

「無断かどうかを証明できますか？　それを証明するのは難しいですよ」

「そんなヒドい話、聞いたこともありません」

「現にわたし自身、夫の籍を抜いてます。なお、あなたがチクっても、わたしは否認しますから念のため」

「ヒ、ヒドい！　さ、さっき住所変更は不要だと言ったのはどうしてですか？　今後、原稿依頼の連絡ができなくなりますよ」

「心配しすぎです」

「心配性なのはたしかですが、困りませんか？」

「二度と執筆はお願いしませんから心配いりません」

「えっ、なぜですか？」

「内容空疎で品がない原稿だからに決まってるでしょう。警察に恨みでもあるんですか？　あれを読んだ幹部が激怒して、原稿を依頼した係員を懲戒処分しました。あなたを逮捕することも検討されたんです」

　こんな展開にならずにすんでいるのは奇跡だ。

品切れマスク問題

新型肺炎の流行で、マスクが手に入らない。医者の中には「マスクは不要。手洗いで十分」と言う人がいるが、その医者も新型肺炎の患者を診察するときはマスクをしているはずだ。

一般人の意見は違う。どんなに効果が薄くても、ウイルスを一個でも阻止したい。だがどの薬局にもマスクがない。そのため、薬局の店員との会話も険悪になっているらしい。次のような会話も想像できる。

「こんど入荷したら一箱わいに取っといてくれんか」

「お客様だけ特別扱いはできません」

「何でや。開店以来、毎日店の前を通っとるやないか。水くさいこと言わんと、兄ちゃん、これ取っとき」

「な、何、無理やりポケットに入れてるんですか」

「大したもんちゃう。堅いこと言わんと取っとき」

「何ですか、これ」

「十ポイント券や。近くのスーパーのポイントカードに十ポイント加算されるんや。十円分や」

「冗談はやめてください」

「額が足りんか。一億だったらどや。こんな薬局に一生勤めても手に入らんよ」

「ご冗談でしょう」

「冗談やない。一億ジンバブエ・ドルや。ジンバブエ・ドルは廃止されたけどな。日本円で百万分の一円ほどや。よう知らんけど」

「でも一生勤めても手に入らないと言いましたよね」

「そらそやろ。薬局で働くだけではジンバブエ・ドルは手に入らん。廃止されとるからな。ちゃうか？」

「そんなに言うなら、僕がいまつけているマスク、百円で譲りましょうか？」

「わいは高齢者や。その汚いマスクをして死んだらタダじゃすまんぞ。だれがわいのバックについとる思うとんねん。わいのヨメや」

「こっちも手強い用心棒がいますよ。妻です」

「それなら同じ境遇やないか。お互い、苦労する身や。頼むがな」

「そんなにおっしゃるなら、特別にお教えしますが、ティッシュを鼻の穴に詰めるとマスクと同じですよ」

「とっくにやったわい。口呼吸の癖がついただけや」

「ではパンかカステラかスポンジを鼻に詰めてはどうでしょう」

「ウイルスがついたパンくずを吸い込んでしまうわ」

「タバコのフィルターはどうでしょうか。タールやニコチンも防げます」

「息が苦しいやろ」

「じゃあ火をつけたタバコを鼻の両穴に入れてはどうでしょうか。殺菌力は抜群です。火を通すんだから」

「禁煙中や」

「じゃあ、ブラジャーかパンツをかぶるといいですよ。オシメもおすすめです。お好みでパンストをかぶっても結構です。二重、三重にするとより安全です。ヒョットコやタイガーマスクのお面を常時つければ、目や鼻に触るのも防げます」

「見た目が悪すぎるがな」

「顔を隠した方がマシな人もいますけどね。お客さんみたいに。透明がお好みなら、ビニール袋をかぶって首で縛ればゴーグルもいらないし、顔も丸見えです」

「窒息するやないか」

「巨大なビニール袋を使えばいい。あるいはストローをさして、もう一方の端をシャツかポケットの中に入れても大丈夫です。金があるなら潜水用の装備でボンベを背負えば万全です」

「大げさすぎるやろ」

「コーヒー用の紙フィルターはマスクになりますし、キッチンペーパーに輪ゴムをホッチキスで留めるとマスクができるそうです」

「ええかもしれんな」

「それで間に合わせる人が増えてますから、いまにキッチンペーパーが品薄になりますよ。急いで買っておいた方がいいですよ」

マスクが買えない人に言いたい。わたしの新刊は、いまなら若干の在庫がある。工夫次第でマスクにもなる。かもしれない。

自己イメージの作り方

ホッとして愕然とした。

「新型肺炎は若い人よりも高齢者の方が重症化しやすい」という話を聞いたとき、一瞬ホッとしたのだ。

わたしは①後期高齢者で②老人ホームに住んでいる。どう見ても高齢者ど真ん中だ。高齢者らしくない点といえば、言動が幼稚だということぐらいだ。

にもかかわらず、「高齢者が危ない」と聞いて安堵したのは、無意識のうちに、自分を高齢者から除外していたからだ。高齢者とは「自分以外の六十歳以上の人」だと思い込んでいた。

たぶん街の中で「そこのおじいさ〜ん!」と呼ばれても、ふり返らないだろう。ふり返るのは、「ブラッド・ピットさんですか?」「財布を落としましたよ」「おばさん!」(歳をとると男女が見分けにくくなる)などの呼び声だけだ。

妻は、電車で席を譲られたとき、「年寄りのハゲおやじに譲られた」と憤慨していたから、自分は高齢者ではないと思い込んでいる。

この種の思い違いはだれにもある。「これぐらいの距離なら跳び越せる」と思って怪我をし、「これぐらいの速度で駅の階段を駆け下りられる」と思って怪我をする（こうやって歳とともにチャレンジ精神が失われていく）。

自分のことは自分が一番知っていると思うのは大きな誤解である。自己イメージは加工されているからかなり歪んでいるのだ。加工には二つの方法がある。

①若さや能力は歳を取っても変わらないと信じ込む。

②欠点を欠点とみなさない。たとえばわたしは社会常識が欠けているが、社会常識はたいてい間違っているから、欠点と認める必要はない。また、欲望にふり回されるという欠点もあるが、修正できない欠点は欠点ではなく、個性だと考えるようにしている。こうして欠点は除去できる。

これらの加工により、自己イメージは世間から乖離し、ほぼ欠点のない人間となっている。わたしの自己イメージを紹介しよう。

・活動的だ。常に貧乏ゆすりを絶やさない。

・他人思いだ。いつも怒られるのではないかと、自分のことをそっちのけで相手の顔色をうかがっている。

・正直だ。もはや申し開きは不可能だと観念すると、潔く嘘だったと認める。

・実行力がある。その気になれば五キロぐらいの体重はすぐに落とせるし、ちょっと練習すればバッハの「トッカータとフーガ ニ短調」などピアノで弾ける。その気が起きないだけだ。
・太っ腹だ。女にフラれようが、入試に失敗しようが、財布を落とそうが、眉一つ動かさない。他人の身に起こるかぎりは。
・勇敢だ。病気を恐れず、暴飲暴食と運動不足の日々を送り、締め切りが迫っているのに遊び続ける。
・清濁あわせのむ。犯罪を憎む正義感は強いが、自分が親の目を盗み、妻の目を盗んで悪事を働いてきたことには寛容だ。
・聡明なのに聡明すぎない。スーパーのレジで、レジ担当者の体型、俊敏さ、列に並んでいる客のカゴの中身などから一番待たないですむ列を的確に判断できる。ただ、勘定の時になって、金を忘れてきたことに気づく。
・繊細かつ大胆である。コーヒー用の道具、豆、焙煎には細かくこだわるが、コーヒーの味の違いが分からない。
　妻に聞いてみた。自分の美人度をどう思っているかをたずねると、「並」と答えた。思った通りだ。自惚れている。

　男を見る目について聞くと、こう答えた。

「わたしが選んだ男がこんなに欠点だらけだとは思わなかった」

寝転ばないでいる方法

スーパーの片隅にある椅子に老人が息を切らして座っている。熱烈な尊敬を集めるツチヤ師である（筆者とは無関係の人物である）。並の偉人なら、非凡な能力があるか人格高潔である。だがツチヤ師はただの卑俗で貧相な老人であるにもかかわらず偉大なのだから、その偉大さは尋常ではない。

ツチヤ師を発見した者が情報を流すと、見る間に崇拝者が集まった。

それに気づいたツチヤ師は背筋を伸ばし、限度いっぱいキリッとした顔つきを浮かべて立ち上がられ、一同の間に緊張が走るのを確かめてから、説かれた。

「妻が『寝転んでばかりいるな』と言う。そして『いまに寝たきりになる』と脅す。だがわたしは寝たきりになるのは歓迎である。そうとも知らずに脅しているつもりになっている妻がアワレである。逆に、一日中寝転んでみろと言いたい。苦痛を覚えるはずである」

ここまで一気に話されて、胸のつかえが取れたのか、ふだんの調子で話された。

「考えよ。寝転ぶことは悪いことであろうか。睡眠をとるとき、絶対安静のとき、死ぬときなど、重要なときはだれでも寝転ぶはずである。第一、寝釈迦像に失礼である。ライオンもトラも一日の大部分を寝そべって過ごし、柔道の巴投げは寝転ばないとかけられず、カレーもパン生地も寝かすではないか。こう言い放ち、妻が反撃する前に『ゴホン、ゴホン』と咳をして『熱がある。新型コロナかもしれない』と言い捨てて、妻がひるんだ隙に家を走り出た」

よほど悔しい思いをされたのか、目には涙が浮かんでいる。悔しさを振り払うようにおっしゃった。

「妻は叱責しながら何度も『根性なし』と言った。だが、根性がないから怠けたり寝転んでいるのであろうか。これは正しい主張であろうか」

師の問いかけに一同うつむき、視線を避けている。正しいと答えても、正しくないと答えても、理由を問われることが分かっているのである。師は答えを待たずに説かれた。

「怠けたり寝転んだりするのは、根性ではなく、方法が欠如しているのである。勤勉に働かせたいなら『方法』を教えればすむ。かけ算を知らない子どもに『かけ算をしろ』と厳しく言っても、暴力で脅しても、金で釣ってもできるわけがない。かけ算のやり方を教えればすむのである。そこに叱責が入り込む余地はない。『大富豪になれ』と命じられて、大富豪になれるであろうか。『働けばいい』と言われても、働く気がしないのである。働く気になる方法が分からないのである。方法さえ教えれば、犬も分数の計算ぐらいできるようになるはずである。犬にやり方を教える方法が分からないのである。わたしは好きで寝転ぶのを選んでいるのではない。寝転ばない方法が分からないのである」

驚きの論理展開である。一同の顔に畏怖の念が浮かんだ。だが一人がおそるおそるたずねた。

「方法が分からなくてもやれることは色々あります。笑うとか居眠りするとか人の顔を見分けるとか」

一同、ハラハラして固唾をのむ。師は聴衆にやりこめられることがあるのである。だが今回は余裕をもってお答えになった。

「その通り。方法が分からなくても寝転ぶことはできる。だが、寝転ばずにいる方法が分からないのである。かけ算をしない方法は不要だが、かけ算をするには方法が必要である」

突然、師の携帯が鳴った。発信者名をごらんになると師の顔色が変わり、逃げようとして椅子につまずいて転ばれた。その拍子に椅子が倒れ、大音響に大勢の注目が集まる中、ツチヤ師は起き上がると足をひきずりながら走り去られた。お宅とは逆方向へ。

欠点とは何か

だれにでも欠点はある。わたしの欠点は五百九十八個しかないが、根絶しようと苦闘してきた。得られた所見を列挙する。

(1)欠点は除去できない

そもそも欠点は望んで身につけたわけではない。わたしには怠け癖があるが、「怠けてはいけない」と思いつつ、心ならずも怠けてしまう。望んでもいないのに怠けてしまうのは、何らかのうかがい知れない深い理由があるからだ。ライオンは好き好んで肉食になっているわけではなく、何らかの生物学的理由によって肉食になっている。人間の浅知恵で欠点が矯正できると考えるのは、ライオンを菜食主義者にできると考えるようなものだ。

(2)だれの欠点か?

最近、マスクや消毒薬ばかりか、「なくなるらしい」という噂だけでトイレットペーパーや米まで、売り切れになる。わたしの新刊は発売当初から品薄であるにもかかわらず、売り切れる気配はない。どこが違うのか？　当然の疑問である（念のために言っておくが、わたしの新刊は手に入りにくいという噂がある）。

買い占められる物には条件がある。わたしの本もこれらの条件を満たしている。①残量が少ない（と思われている）②必要（だと思われている）の二つだ。ソクラテスが言ったように、健康や金銭にいくら恵まれていても、それをどう使うかが分からなければ猫に小判である。どう使うべきかを知る知識こそ何よりも必要である。その知識を与えそうなのは、わたしの本だろうか、それともトイレットペーパーだろうか。正しく考えればわたしの本が売り切れになるべきである。それが逆の結果になっているのは、人々の無理解のせいだ。人々が無理解であるかぎり、どんなに深遠な本を書いても売れることはない（深遠な本でなくてよかった）。だから売れないのはわたしの本の欠点ではなく、ましてわたしの欠点でもなく、人々の欠点である。

(3) 欠点は個性だ

欠点はわたしの個性の一部であり本質である。金づちが重いからといって軽くすれば用をなさず、包丁が危ないからといって刃を除けば包丁ではなくなってしまう。同様に、わたしから欠点を除くと、わたしではなくなってしまう。

(4) そもそも「欠点」か？

たとえば腹の脂肪は邪魔物だろうか。もし脂肪がダイヤや金でできていたら喜んでいたはずだ。脂肪はダイヤや金よりも複雑な分子構造をしており、合成して腹にくっつけようとしてもまず不可能だ。だから腹の脂肪は奇跡とも言えるほど貴重なものなのだ（食べたいだけ食べるだけでこの奇跡は起こせるが）。

その上、脂肪を除去しようとしても、しがみついて絶対に離れようとしない。家族もペットも寄りつかない中高年男にも、脂肪だけはケナゲにしがみついてくれるのだ。これほど貴重な物が、これほど強くしがみついてくれるのに、それをダイエットで除去していいのか。ダイエットが成功しないからいいようなものの、貴重な脂肪は宝物として大切にすべきである。

(5) 欠点を乗り越える道

人間の性質のうち、価値のないものが欠点だ。だが、存在する物に優劣や価値・無価値の区別を持ち込むのは人間の勝手な分類である。だが人間は絶対ではない。硫化水素は人間には毒だが、ある種のバクテリアには貴重な養分だ。人間が嫌うゴキブリは鳥にとって貴重な食べ物だ。価値・無価値は、動物により、視点により異なる。「これはいい、あれはダメ」という人間のせせこましい了見を捨て、明鏡止水の境地に至れば、欠点も美点も乗り越えられる。

(6) たぶん以上はすべて、ほぼ誤っている

一斉休校　小学生の不可解な反応

新型コロナの蔓延を防ぐため、一斉休校の要請が出された。それに対する小学生の反応が驚きだった。わたしが小学生のときの意識とは雲泥の差なのだ。昔、ラジオで都会の小学生が有識者のような発言をするのに衝撃を受けた。都会の子が目から鼻に抜けるようなシェパードだとすれば、自分は愚鈍なナメクジだと思った。一斉休校のニュースを聞いても「ほんまか。ええが〜」と言って終わりだっただろう。いまの小学生は違う。以下はメディアが伝える小学生の声だ（メディアの意図など、大人の意見を反映している可能性はある）。

★「勉強したかった」

一番驚いた反応だ。小学生と言えば遊び盛りだ。わたしなら大喜びしていただろう。いまだに遊び盛り真っ只中のわたしは、生まれてこのかた勉強したいと思ったことがない（それなのに学者になった）。いまの子どもはそんなに勉強熱心なのだろうか。それなら、夏休み、春休み、土日祭日に、学校が休みになることになぜ抗議しないのだろうか。宿題も山のように出されて勉強し放題ではないか。

だが、いまは非常時だ。大量の宿題をやっている場合ではない。なぜ宿題などやめてゲームなどに熱中しないのか（親の目を盗む技術を身につけておくと、後々便利である）。次に登校したときに言い訳が必要になるが（「宿題のプリントを紛失しました」「お母さんがお父さんの私物と間違って捨てました」「新型コロナの疑いがあって絶対安静を命じられていました」など）、言い訳を考える方がドリルを解くより将来、役に立つ。わたしならこう言い訳して勉強をサボろうとするだろう。

★「卒業式という一生の思い出が失われる」

わたしは「一生の思い出」など、頭をかすめもしなかった。現在まで「一生」とか「思い出作り」を考えたことがない。過去も未来も真剣に考えず、かといって「この一瞬に生きる」という決意もない。わたしはいかに行き当たりばったりに生きているかを反省した（反省だけだが）。

中には「卒業式が楽しみだったのに」という声もあるが、卒業式を楽しみにする感覚も理解できない。卒業式は「起立」と言われたら起立し、「歌え」と言われたら歌を歌う儀式だ。言われた通りのことをするのは、犬がお手をするのと同じだ。わたしには苦痛でしかなかった（もしかしたら絶対にお手をしない家のネコに影響されたのかもしれない）。しかし卒業式などの訓練のおかげで、妻に文句一つ言わずに従うことができるようになった。

★「休校が突然すぎる」

まだ授業があると思っていたら明日で打ち切りと言われて、あわてるのは分かるが、なぜ突然ではいけないのか。大人もよく「唐突だ」と抗議するが、火災や地震などの非常時には迅速に行動するではないか。なぜ時間をかけなくてはならないのか不可解だ（現在、わたしは「やれ」と命じられたら、「唐突だ」と抗議している）。

★「根拠が分からない」

小学生時代、「根拠」ということばが頭に上ったことは一度もない。当然、世の中の出来事に根拠というものが必要だとは夢にも思わなかった。いまでもそうだが、周囲から根拠なく怒られ続ければ、根拠が必要だとは思えなくなるのだ。

イヤなことを命じられたら「根拠を示せ」と言い返せばよいことを知らなかったため、泣くか、反省したふりをするしかなかった。

もし当時、根拠を求める技術を知っていたら、「卒業式をする根拠は何か。一日も休まず登校させる根拠は何か。登校して何が得られるのかエビデンスを示せ」と抗議して自己満足にふけっていただろう。

高齢者を見殺しにするな

新型コロナの流行が始まったとき、「高齢者は重症化しやすい。高齢者に感染させてはならない」と叫ばれた。意外だった。これほどまでに高齢者のことを考えてくれているのか。邪魔者扱いされていると思い込んでいたことを反省した。

だがその考えは、いつものように、甘かった。先日、イタリアで高齢の感染者には人工呼吸器を使わないことに決めた病院があると一部で報じられた。これが誤報だとしても、病床数や医療機器が足りなくなれば、だれかを見殺しにせざるをえなくなる。そうなれば一番先に見捨てられるのは高齢者だ。

高齢者を見捨てれば財政への圧迫もなくなり、一石二鳥だと考える人も多いだろう。なぜそう思うかというと、わたしが若者ならそう思うだろうからだ。

そうならないよう、だれに宛てたらいいのか分からないまま上申書を書いた。

※

高齢者はこれまで、正しい育て方が分からないまま子どもを育て、何を目指すか分からないまま社会を建設してきました。その高齢者を犠牲にしてまで生き延びようとするほど恩知らずで卑しい人間のクズであっていいのでしょうか。

わたしは大した社会貢献はしていませんが、大きい悪事を働いたこともありません。悪事を働いたとしても露見したことはなく、露見しても前科はついていません。ついた嘘の一割ほどが露見しただけです。殺生を嫌い、ゴキブリを殺すのも妻にまかせています。また、大学に勤めていたとき、授業を休み、自分で招集した会議を何度か休みました。しかし休む理由を考案するのに心血を注いだためか、だれ一人として怒るどころか、休んだことで喜ばれました。人を喜ばせて何が悪いのでしょうか。

わたしも人間です。完璧ではありません。しかし悪い点があれば改められます。文章がくだらないとお考えなら、いつでも改めます。今まで書いた文章は全部誤りだったと発表しろとおっしゃるなら、そうします。信念に裏打ちされた文章ではないので簡単です。

高齢者は残り少ない人生を生きています。残り少ない人生なら、それを奪っても損失は小さいと思うかもしれませんが、それは大きい勘違いです。ステーキでも羊羹でも、あと一口というときになって奪われたときどれだけ惜しいかを思い出してください。

また、わたしが長年蓄積してきた経験（失敗ばかりです）、知識（量は少なくても半分はたぶん正しい知識です）、内臓脂肪、血管壁のコレステロールなどは一朝一夕に身につけられるものではありません。その歴史を簡単に捨ててもいいなら世界遺産は不要です。

「いつ死んでもおかしくない歳だ」と言われるかもしれません。しかし「いつ戦争になってもおかしくない情勢」なら、戦争になってもいいのでしょうか。そういうときこそ、戦争が起こらないように努力すべきではないでしょうか。

世の中をナメきった若者に将来を託せますか？「お前もナメている」と言われるでしょうが、わたしはナメるどころか、周囲から小突き回され、近所の犬にまで吠えられています。その人間を、一度も光を当てないまま葬り去って良心が痛みませんか？

最後に付言しますが、近い将来、食糧危機が予想され、昆虫まで食べる必要があると言われています。高齢者は動きが少ないため、食が細く、若者のように食糧を大量に消費することはありません。大食の高齢者がいても、すぐに身体を壊して死んでしまうのです。

わたしは小食の上に、長年の家庭料理で、粗食にも耐える自信があります。

以上、ご勘案の上、寛大なご措置をお願いします。

知らなきゃよかった

アリストテレスは「人は本性上、知ることを好む」と言った。

事実、赤ん坊は何でも口の中に入れて味を知ろうとするし、世界のあらゆる事象を知るために数え切れないほどの学問がある。

浦島太郎は開けてはいけない玉手箱を開けて中身を知ろうとし、「鶴の恩返し」では、鶴を助けた老人が、布を織るところを見たくて部屋を覗いてしまう。

だが逆に、知りたくないこともある。オイディプスのように、自分がそれと知らずに父親を殺し、母親と結婚しているという、受け入れがたい真実を知り、目を突いて盲目になることもある。

レベルは落ちるが、ふとんや顔を拡大すると、ダニがうじゃうじゃいるのが見える。そんなことは知りたくなかった。それを知ったが最後「肌がスベスベだ」などと素直にホメられない（幸い、ホメるような女がまわりにいないが）。

妻が食べ物を床に落としたのをそのまま夫の皿にのせて出したことを知りたいだろうか。何も知らなければ、知らぬが仏だ。いつも通りおいしく食べた後、原因不明の下痢に見舞われ、「消費期限切れの物を食べさせられたのではないか」と疑うだけですんでいたところだ。

初詣に行き、夫が一家の健康を祈っている横で、妻が夫の死を祈っていることを知りたいだろうか。

妻が夫の歯ブラシで便器を掃除しているという事実を知りたいだろうか。

新型コロナでもそうだ。欧米では、新型コロナウイルスを「ブーマーリムーバー」（高齢者除去剤）と呼ぶ若者が出現しているし、医療崩壊が起きたイタリアでは高齢者を見殺しにしている。こんな事実は、死ぬまで知りたくなかった。

それを知ったが最後、高齢者に向ける微笑みは作り笑いとしか考えられなくなる。電車に優先席を設けているのも、優先席がなければだれも老人に席を譲らないからだし、敬老の日も、そういう日を作らなければ老人を敬う機会がないからだ。その証拠に、ふだんから大事にしている犬やネコのためにペットの日は作らない。そのうち、敬老の日は四年に一度になり、最終的には撤廃されて「十三月三十二日」や「夫の日」のように影も形もなくなるだろう。

そう言うと、「それが不満なら、尊敬される老人になれ」と言われるだろうが、無茶を言うのもほどほどにしてもらいたい。逆に聞くが、歳を取ったという厳粛な事実だけで尊敬することがなぜできないのか。もしかしたら「特別な能力がないと尊敬できない」というせせこましい考えをしているのか？　それなら、玉乗りをしながらけん玉ができれば尊敬するのか？　樹齢千年の古木は、花を咲かせたり、玉乗りができないから尊敬できないのか？

一方、「知っていれば人生が変わった」場合も多数ある。

子どものころから、自分にどんな能力があるのか、知らなかったために、相撲、忍者、プロレス、各種楽器の練習に明け暮れ、全人生の七割の時間（二割は睡眠、釈明、謝罪などだ）を無駄にした。自分の能力や体格を知っていれば、身の程知らずの楽器演奏で人前に恥をさらすこともなく、何度も寿命が縮む思いをすることもなかった。おかげで、本来なら百五十歳だった寿命が、約百四十歳に減ったような気がする。

本稿の締切まであと一時間だ。人生の七割の無駄な時間がなければ、余裕をもって遊んでいられただろう。

ただ、その無駄にした時間を何に使えばよかったのだろうか。たぶんそれ以上にくだらないことに使っていただろう。他に有意義な使い方を思いつかないのだ。有意義な使い方を知っていたら、死ぬほど後悔していただろう。そんなもの、知らなくてよかった。

もしも新型コロナウイルスが突然変異したら

外出自粛要請の中、街中を遊び歩く若者が見られた（本稿では同様の行動をする中高年もひっくるめて「若者」と呼ぶ）。

自分の行動に高齢者の命がかかっていることは分かっているはずだ。彼らの行動は、高齢者に向かって目隠ししてピストルを撃つようなものだ。わたしは「若者を見たら感染者と思え」という警句を「若者を見たら殺人者と思え」に変えた。

「自粛に疲れた」と言う若者がいるが、疲れるほど自粛したのか？　わたしを見ろ、結婚以来、自分を殺して、自粛し続けている。

難しいことではないはずだ。逆立ちしてラーメンを食べろと言っているのではない。家にいればいいだけだ。赤ん坊だってできる。一年か二年の我慢でいい。わたしを見ろ。死ぬまで我慢だと諦めているのだ。

「家にいても退屈する」と言う若者もいる。いずれ分かるだろうが、家というところは、一瞬でも気を抜けない場所だ。怖い独裁者の前で退屈できるか？　わたしを見ろ。家の中でどんなに緊張していることか。家の中で退屈することがどんなに贅沢なことか。

自分は安全だとタカをくっている者に言いたい。過信していると必ず痛い目にあう。謙虚なわたしでさえ痛い目にあっているのだ。ひらがなの「ぬ」など目を閉じても書けると過信していたら書き方を忘れたし、円周率なら十桁ぐらい暗唱できるだろうとタカをくっていたら三桁が限度だった(四桁以上覚えたことがないからか?)。結婚したら幸福になると過信したら地獄を見るぞ。

若者に比べ、高齢者は気高い。ＢＢＣによれば、イタリアで七十二歳の神父が新型コロナに感染した。信徒が金を出し合い、人工呼吸器を買ったが、神父は「若い人に使ってくれ」と言って死んでいった。高齢者はこれだけ気高いのだ。ちっとは見習えないか?

お前はどうだと言われるだろうが、わたしは見習えない。第一に、わたしは神父ではなく、第二に、人工呼吸器を買ってくれる者がおらず、第三に後日、このニュースはガセネタだと判明したからだ。

ウイルスは突然変異する。突然変異の結果、高齢者には無症状だが、若者は簡単に重症化して簡単に死亡するようになるかもしれない。そのときは若者も外出自粛を叫ぶだろうが、わたしは自粛疲れを理由に、盛り場を遊び回ってやる。

教え子に話した。

「現在、ウイルスは老人に厳しいが、突然変異する可能性がある。もし悪人だけが重症化するように変異したら、悪人は激減するだろう。かりに美女だけが重症化して死ぬように変異したら……」

「それは困ります」

「なぜ困る？　美女がいなくなれば君の地位が相対的に上がるんだよ」

「相変わらず見る目がないんですね。美醜が分からない人を一掃するようウイルスに変異してほしいです」

「じゃ、ウイルスが変異した結果、重症化して死ぬのが才色兼備の美女で……」

「残念ですが、わたしです。美女を狙い撃ちされたら、ひとたまりもありません」

「……美女なのに性格が悪く……」

「やむをえません。美人の宿命です」

「女性に好かれず……」

「女同士は嫉妬しますから仕方ありません」

「恩知らずで……」

「ますますわたしです。間違ったことを教えられた被害者ですから」

「……と思い込み、事実を曲解し、大食いでケチで頭が悪く独善的で……」

「どうやらわたしじゃないようです」

中高年が危ない

驚いた。外出自粛要請の中、パチンコ店や居酒屋に群がる中高年男がテレビの取材に答えている内容がヒドすぎる。分別盛りの男とは思えない。まるでわたしの姿を見ているようだ。

緊急事態宣言を招いたのは、無分別な若者よりも、こういう中高年男のせいではないかと思えてくる。彼らが語る外出の理由が驚きだ（以下、うろ覚えに基づくため、たぶん事実と異なる部分がある）。

「〈自粛〉じゃなくて〈行くな〉と言ってくれたら行かない」（居酒屋の客）

お前は羊か？　自主判断は人間だけの特権だが、自主判断ほど人間の苦手なものはない（自主判断できるのなら法律も警察もいらない）。この客も、だれかに判断してもらい、都合の悪い結果が出たら批判する了見だ。責任回避したいのだ。自分で全責任をとる動物を見習えないか？　コロナに感染するよりも罰金の方を恐れるような判断力でよく生き延びられたものだ。逆に感心する。

「俺が行かないと店が潰れる。国が補償するなら行かない」（居酒屋の客）

さほど裕福には見えないが、店を支えるつもりなら、たんに送金すれば店はもっと助かるのではないか？　それほど親切なら、わたしの本を買い支えてほしい。

「自分は感染しない自信がある」（パチンコ店の客。八十代の高齢者）

その「自信」で人生、どれだけ失敗してきたか、その歳になれば分かるはずだ（わたしと同じく、人生のほとんどを失敗してきたような風采だ）。第一、それほど自信があるなら、なぜマスクをしているのか。

「勝つと儲かるじゃん」（同じ高齢者）

その通り。勝てば儲かり、負けると損をする。感染すると苦しみ、死亡する。これらは真理である。そのうちの一つだけを信奉し、他を無視するのは誤りだということも真理だ。

「防護策を講じている。隣と席を一つ空けている、マスクもしているし、除菌ティッシュをもっている」（パチンコ店の客）

それらの防護策は青酸カリを薄めて飲めば大丈夫だと思うようなものだ。マスクをすれば大丈夫なら、なぜマスクをしている医師が感染するのか。それほど慎重に防護するなら、なぜパチンコ店に入るのか。ダイエットのため、ごはんを毎日十粒減らし、大量のおやつを食べるようなものだ。

「『不要不急』の定義が分からない」（居酒屋の客）

若者からも聞かれる答えだ。では、「山」は定義できるのか（どれぐらい高ければ山なのかなど）？　「山」を定義できなければ登らないか？　「こっちに来い」と言われて、「こっち」がどの範囲を指すのか精密に定義できないという理由で拒否するか？

以上のように、子どもの言い訳と大差ない。歯がない高齢者などは、しゃべるたびに大量のつばを飛ばすから、取材自体、危険だ。

これほど大胆なことを言うところがテレビで流されて大丈夫かと心配になるが、家族にも会社にも見捨てられているのだろう。そうなったら怖いものなしだ。

いずれの回答者も、成功者には見えない。高級ナイトクラブに行く者もいるらしいが、家に居づらい点で成功者とは言えない。わたしは違う。クラブに行く金もなく、居酒屋で談笑する友だちもおらず、居づらいのに家にいるしかないのだ。

残念なのは歳を重ねているのに成長が見られないことだ。せめて歳相応の答え方ができないものだろうか。たとえば「若者が出歩いていないか見回っている」とか、澄んだ目をして（濁っているが）、何を聞かれても「はい？」と聞き返すか、あるいは「帰り道が分からなくて、昨日からさまよっている」とか。

運のない男

　新型コロナといい、わたしの未来といい、暗いことばかりだ。妻の顔も険しいままだ。悲観していたら、うれしいニュースが届いた。わたしの『無理難題が多すぎる』が、本屋大賞の「超発掘本！」を受賞することが決まったのだ。

「超発掘本」の第一条件は、埋もれていることだ。埋もれていてよかった。思えばこれまで長かった。わたしの本はいずれもひっそりと出版され、ひっそりと売れ残ってきた。わたしの本はどれも、発売されると、待っていたかのように震災が起きたり、芸能人の不倫が発覚したり、パンダの子どもが生まれたりと、想定外の出来事に売り上げを阻まれてきた。

　そのたびに「これからは一人で生きていこう」と何度決意したことか。そして新刊が発売されるたびに「今度こそは」と何度希望を抱き続けてきたことか。

　そこへ奇跡が起きたのだ。受賞理由は「毒にも薬にもならない」というものだ。おそらく有益な本ばかり出版される中、毒にも薬にもならない本が堂々と発売されていることに驚き、宝石の山の中からただの石ころを見つけたような、ツルの群の中にハキダメを見つけたような気になったに違いない。そしてこの本がこれまでいかなる文学賞もノーベル賞も受賞していないことに二度驚き、他の賞が目をつける前に急遽、授賞することに決定したのだろう。

ふつうなら、わたしの本は、この受賞を機に一躍脚光を浴び、わたしの本を立ち読みしたことのある人も、「受賞する価値があるとは知らなかった。買っても恥ずかしがる必要はないんだ」と思い直すはずだ。

運のいい男ならそうなるところだった。だが、わたしは運がない男だ。授賞式の日には緊急事態宣言が出た。もちろん式は中止だ。受賞を知って書店に買いに行こうにも、外出できる状況ではない。緊急事態が一ヶ月後に解除されても、そのころには受賞のことをだれも覚えていないだろう。

やはり運のない男だ。せっかくの受賞が無駄に終わってしまった。そう思ったとき、捨てる神あれば拾う神あり、某テレビ局のモーニングショーで紹介するから顔写真を送れというメールが届いた。モーニングショーの中でも視聴率は一番低いが、多くの人の目に入る。だがわたしのことだ。どうせ大きい臨時ニュースが入って取り上げる時間がなくなるに決まっている。

そう思いながらも、少しでも印象をよくしようと、あらゆる角度から顔写真を撮ったが、三十分かけても不本意な写真しか撮れない。しばらくして、常日頃、本を顔で売るのを拒否する姿勢を貫いていることを思い出し、妥協の一枚を送った。放送されることは、弟と、数人の老人ホーム仲間に宣伝した。

放送当日、臨時ニュースは入らなかったが、番組は新型コロナ関連の話題に終始し、目を皿のようにして見てもチラともわたしの本も写真も映らないまま番組は終了した。こんなことなら臨時ニュースが入ってほしかった。

わたしが宣伝したためにわざわざ番組を見た人には平謝りした。弟からは慰めの電話がかかってきた。弟が購読している地方紙には、本屋大賞のニュースが報じられたという。本屋大賞には、「本屋大賞」「翻訳小説部門」「発掘部門」があるが、その新聞には、本屋大賞と翻訳部門が紹介されただけで、発掘部門への言及はなかったという。「受賞しただけでもよかった」と慰めてくれた。

だが、どちらが不運だろうか。①最初から恵まれない男と、②幸運の女神が一瞬微笑みかけ、一転、険しい顔を向ける男と。①と②の両方の意味で、わたしはよくよく運のない男だ。

書けるもの・書けないもの

わたしの文章を読んで、なぜもっとマシなことが書けないのか、疑問に思う人もいるだろう。答えよう。

★まず、わたしはフィクションは書かない。根が正直なのか、嘘が下手なのだ。嘘をつくとすぐ見抜かれるから、ミステリを書けば最初の一行で犯人を悟られてしまうだろう。

★「感動する本」は読みもしない。歳をとると、感情をいじられるのを嫌い、「全米が泣いた」よりも「センベイが焼けた」の方が胸に響くようになる。その上、わたしは枯淡の境地を目指している。それなのに、心ならずも十日に一回は心の底から動揺させられ、毎晩のように枕を濡らしている（ヨダレで）。心の中は悲哀と寂寥の感情でいっぱいだ。これ以上感情をゆさぶられたくない。

★「生き方を説く本」は読む気もしない。わたしのこれまでの生き方が間違っていることは痛いほど分かっている。節目節目で間違った選択をしたし、いまの生活も間違いだらけだ。健康を損ない、まわりの怒りを買い、日々反省させられている。

色んな方面から責められている者が、これ以上自分を責めるために読むだろうか。

★「有益な本」ぐらい書けるだろうと言われるかもしれないが、有益な本を書かない理由は二つある。

【Ⅰ】わたしの生活には不都合なところが多く、解決法を求めてやまないため、有益な本は多数読んだが、有益だったためしがない。

たとえばダイエット本は何冊か買ったが、①体重は減らない上に、②書いてあることが実行できたためしがない（たとえ「一日三分、テレビを見ながらできる」という簡便な体操も、「死ぬまで毎日三分もやり続けるのはしんどい」と考えるか、「簡単すぎて実行する気もしない」と考えるか、「一日三分でいいのなら、何もしなくてもある程度の効果はあるはずだ」と考えて実行に至らない）。

妻の性格を変えるために、性格を変える本も買ったが、妻はより怒りっぽくなり、わたしはより従順になった。

整理法の本は何冊も買ったが、片付けるべき物が増えただけだった。その他、短時間睡眠法、筋トレ、ストレッチ、健康法、格闘技などの本も効果はなかった。

これらの本に共通する欠点は、読んだだけでは何の効果も得られないという点にある。欲を言えば、最後まで読まなくても、あるいは買わなくても効果がある本であってほしい。

わたしは不都合な点を取り除きたい一心で有益本を買い求めたが、読んだ後は決まって「こんなに努力しなくてはならないのなら、不都合を我慢した方がラクだ」と思うようになった。我慢さえすれば、たいていの不都合は放置しても死ぬようなことはない。わたしは不都合を我慢する方を選んだ結果、物が散乱する部屋の片隅に小さくなり、身体に脂肪を蓄え、惰眠をむさぼり、虚弱なまま早死への道を歩んでいる。

わたしが有益本を書くなら「我慢しろ」の一行だ。一ページ一文字で印刷しても、ファミレスのメニューより薄い本にしかならない。

【Ⅱ】有益な本を書かない最大の理由は、書けないからだ（同じ理由で『ロケットの作り方』や『家庭円満の秘訣』も書けない）。あえて書くなら、有益本に挑戦して失敗したという、「有益本は書くな」といった、ふだんわたしが書いているのと同じ内容になる。

★こうして「毒にも薬にもならない本」が最後に残ったのである。これを無価値として軽んじる人もいるだろうが、老荘思想の「無用の用」ということばを思い出してほしい。わたしが唯一書けることを書いていたら、期せずして、老荘思想の境地に到達したのだ。自分の内なる気高さ、深遠さがわれながら怖い。

心が晴れるメール

新型コロナの猛威が続いている。まるで長々と説教されているみたいだ。

もうずっと自粛ずくめの毎日が続いている。外出を自粛し、通勤を自粛し（通勤したくても勤め先がない）、スーパーで買い物をするにも、プライベートジェットに乗って行くのを自粛している。さらに運動を自粛し、カーネギーホールのソロリサイタルも、千日行も、自粛している。妻に反抗するのは数十年間自粛中だ。運動を自粛しているため体重が増えるが、ダイエットも自粛中だ。

テレワークの導入も考えたが、わたしの仕事場はもともと自宅だ。自宅から離れて仕事をするのがテレワークなら、ぜひとも導入したいが、家の内外の環境が許さない。

どこを向いても心が晴れない。人のために何かできることはないかを考えているうちにひらめいた。本屋大賞「超発掘本！」を受賞したという明るいニュースを多くの人と共有すれば気持ちも晴れるだろう。だが露骨に吹聴すると、謙虚を売り物にしているわたしの評判にキズがつく。そこで新型コロナに感染していないかを気づかうついでに、何気なく知らせることにした。受賞作『無理難題が多すぎる』の解説を書いたN氏にメールを出した。

「N様　新コロが収束しませんが、ご無事でしょうか。

このたび、解説を書いていただいた拙著が本屋大賞の『超発掘本!』を受賞しました。お書きいただいた解説のお力も〇・一パーセントはあると思います。賞金がもらえたら半分差し上げようと思っていましたが、賞金は出ない模様です。もらえないと分かった今では、九割差し上げたいと思っています」

「土屋様　おめでとうございます。心ばかりの十本立の胡蝶蘭は届きましたでしょうか?　送っていないので多分届いていないと思いますが、その場合はコロナ禍による宅配事情ゆえだろう、大事なのはそういうありがたい気持ちだと喜んでいただければ十分です」

この前置きに始まり、N氏の取り分は、賞金を一億円と仮定し、ページ数の割合、タイトル命名料（氏がメールで「無理難題」という語句を使ったかららしい）などから五千二百万円（振込手数料別）になると算出してある。わたしは反論した。

「N様　賞金は出ません。第一、金に恬淡（てんたん）としているわたしが、金目当てに受賞するでしょうか。

また、解説を過大評価しておられますが、解説は、本文があって初めて成り立つものです。本体があって初めて影が存在しうるのと同じです。解説は、いわば本文の付録であり、添え物であり、添加物であり、寄生物であり、夾雑物であり、不純成分であり、振込手数料です。この点はお考え違いのないようお願いします。なお、胡蝶蘭はまだ届いていませんが、お返しに、慶長大判小判詰め合わせ〈カリッとサクッと醬油味〉がいつか、お手元に届けばいいなとお祈りします」

反論のメールが来た。

「土屋様　わたしの解説は、冷飯の上の白トリュフ、駄馬に乗った武豊、ツチヤにピアノを教えるキース・ジャレット等になぞらえられるべきものです」

本欄の締切が迫り、メールを引用する許可を求めると、快諾してくれた。

「土屋様　煮るなり焼くなり高額買い取りするなりご随意に」

お礼を述べた。

「N様　ありがとうございます。匿名とはいえ、恥がさらされることにこだわらないお心の広さに感銘を受けました。わたしも見習いたいと思っておのれの恥を探しましたが、あいにく見当たりませんでした。今後もネタに困ったら、受賞することにしますので、よろしくお願いします」

メールで心が晴れた。

霧
の章

自粛で変わった

外出の自粛が続くと滅入ってくる。自慢になるから、だれにも言ったことはないが、オーストラリアのゴールドコーストに別荘がある。だが残念なことに、現在、オーストラリアが入国を制限しているため、入国できない。もっと残念なことに、たとえ入国しても、どの別荘も他人の物だ。唯一の救いは、だれにも自慢しなかったことだ。

緊急事態宣言下の過ごし方を、専門家が提言している。問題は、専門家が信用できないことだ。マスクが必要だと言う専門家もいれば、マスクは無用だと言う専門家もいる。検査の拡充を叫ぶ専門家もいれば、もう十分だと言う専門家もいる。外出自粛が必要だと言う専門家もいれば、外出自粛は不要だと言う専門家もいる。たぶん探せば、どんな説でも唱えている専門家が見つかるだろう。

そもそも専門家には不信感しかない。わたしはこれまで、ダイエットの専門家の意見に従って、数十年にわたり、やれることは、食事制限以外、何でもやったが、効果はなかった。昔、禁煙をするときも専門家の本に従って、タバコをやめる以外のことは全部やったが、いずれも失敗した。

新型コロナの流行では、政府御用達の専門家の意見によって人々の生活が変わった。必要だと思っていたものが不要だということも分かってきた。冠婚葬祭、出張、社訓の唱和、社長訓示、親睦会などは省けることが分かった。拙著の授賞式も省かれた。不要不急のものは省略可能なのだ。そしてほとんどのものは不要不急なのだ。インターネットを使えば、会議のために一箇所に集まる必要はないことも、リモートで会議に出る場合、画面に映らない下半身はパンツ一枚で足でトランプをしていてもいいことも判明した。インターネットの通信費を高額にすれば、会議時間はさらに減り、会議そのものが必要なのかどうか、会議でロクなことを言わない社員が必要なのかどうかも見直されるに違いない。

専門家の言う「社会的距離」については何の問題もない。中高年男なら何も努力しなくていい。ふだんから、だれも近寄ろうとしないからだ。電車に乗っても隣に座る者はいない（中高年男も中高年男の隣をイヤがる）。家の中でも十分すぎるほど距離を空けられている。洗濯物さえ分けられているから、濃厚接触になりたくてもなりようがない。コロナの流行する前から感染者扱いなのだ。もしもドアノブを介して感染させられたら、それこそ悲劇だ。

専門家が人との接触を八割減らせと言うから、友人を八割減らそうとしたが、友人は数人しかおらず、どうしても出てしまう小数点以下の扱いに苦慮している。

不要不急の外出はずっと自粛しているため、これまで何の用で外出していたのか、もはや思い出せない。それ以外の行動を改めて点検して愕然とした。やることなすことすべて不要不急なのだ。世の中には、医療従事者をはじめ、わたしたちの生活を支えている人々がいるのに、わたしは何の役にも立っていない。存在自体が不要なのだ。

打開策は少ない。借金をすれば、金を貸した人にとって必要な存在になれる。そう思って借金しようと思ったが、金を貸してくれそうな人がいないことに気づき、さらに落ち込む。

動物を飼えば、その動物にとって必要な存在になれる。だが部屋では犬、猫、ライオン、象、カバ、ゴジラは飼えない規則だ。好きでもない金魚でも飼うしかない。

そう思って一段と落ち込むこと三分間、カップ麺ができ上がり、おいしく食べて、自粛疲れからか、グッスリ眠った。

読書が変わった

最近、体調が悪い。物理的刺激を加えると身体がかゆくなる。蕁麻疹(じんましん)だ。コロナで部屋にこもっているのが原因とは考えにくい。コロナへの不安が大きくなっても小さくなっても蕁麻疹の出方に変化がないからだ。

だが先日テレビを見ていて原因が分かった。橋下徹氏が、政治の世界で多数の敵と闘っていたとき蕁麻疹に苦しんだが、政治活動をやめると嘘のように消えたという。わたしの場合、敵は一人という点が違う。

自粛生活もここまで続くとさすがに嫌気がさしてくる。わたしの場合、健康的生活（運動、ダイエット、規則正しい生活）を自粛し、妻に逆らうのを自粛する生活を数十年続けている。並の忍耐力ではもたない。

そんなわたしの一番のストレス解消法は読書だ。五十年以上前からミステリを愛読している。ミステリには謎とスリルがあるからだ。

そうでなくても謎は無数にある。哲学的謎はもてあますほどあるし、日常的にも、女はなぜ怒るのかなど、謎だらけだ。それなのに謎を求めているのだ。スリルだってふんだんにある。コロナに感染するのではないか、妻の機嫌を損ねるのではないかと、毎日ハラハラドキドキの連続だ。それなのにスリルを求めている。

だが、これは不思議ではない。ボディビルダーほど筋肉をほしがり、大食漢ほど食に貪欲、学者ほど知識を求めるものだ。

最近は読書が変わった。一気に読み切ることができないのだ。最近のミステリは分量が多い（簡潔に表現する筆力がないのか?）。しかも途中で寝てしまう（歳のせいなのか、それとも読書で睡眠不足になっているためなのか）。小刻みに読むことが多くなり、一ページ読んでは三ページ忘れ、日がたつにつれて筋が分からなくなる。しかも眠っている間に夢の中で本の続きを勝手に作るから、目が覚めて読書を再開すると、夢の中で作った筋と本の筋がごっちゃになってしまう。

悪いことに、登場人物が覚えられない。昔はドストエフスキーの大長編でも、登場人物表に頼る必要もなかった。その記憶力がいまはない。しかも最近のミステリは登場人物が多すぎる。重要な役割を果たさない泡沫登場人物が多いのだ（連続殺人の場合、十人ほどの死者の名前まで覚えなくてはならない）。

以下は、ミステリの一部である（【　】内はわたしの感想である）。

ありし日のエレナを偲（しの）んでいると【えっ、エレナは死んだのか?　こいつが真犯人だと思っていたのに。いつ死んだ?】、天啓のように閃いた。隣人のレノンもマッカートニーもエレナの部屋の物音を聞いていない。深夜、人見知りのエレナに、騒がれることなく近づけた顔見知りが犯人だ！　となるとハリソンか【あれ？　ハリソンは警察の署長だろう。それは別の作品だったか？】。警部は考えた。エレナは人見知り、ハリソンは顔見知りだ。だがハリソンにはアリバイがある。何かが胸にひっかかる。ハリソンのアリバイを証言しているのはバッハだ。だがバッハは信用できるのか【バッハは詐欺師じゃないか。それにこの本は『バッハの偽証』だろう？　あっ、違う、『ハリソンの冤罪』か。どっちにしてもハリソンは無罪に決まっているだろう】。この日の警部は冴えていた。レノンとマッカートニーが大音量でロックの練習をしていたことを思い出したのだ。二人がどんなに耳がよくてもエレナの部屋の物音は聞こえないはずだ。しかもこの二人は聴力が弱い【この警部はこんなに愚鈍だったっけ？　待てよ、この本は『警部の迷推理』だったか？『ハリソンの冤罪』はこの前読んだ本か、それとも夢の中で読んだ本なのか？　謎は深まるばかりだ】。

見たくなかった不都合な真実

ウイルスの怖いところは、目に見えないところだ。だが、ウイルスが目に見えたらもっと怖いのではなかろうか。ウイルスが見えるなら細菌もダニも見えるはずだから、布団の中はダニだらけ、顔にもダニや細菌がびっしりついているのを見なくてはならないのだ。

ウイルスが見えなくてよかったが、コロナ騒動によって、見たくもない真実が多数見えてしまった。その数は、わたしが把握していない真実を含めると、千九百八十四（小数点以下切り捨て）ある。以下はその一部である。

【Ⅰ】知事や議員など政治家の有事のときの能力が分かり、例外を除き、選挙で選び損なったことを思い知らされた。問題なのは、政治家よりも（どんな政治家もわたしよりは有能だ）、選ぶ能力のない自分だ。結婚もそうだったが、ここぞというときにいつも選び損なったことを考えると、自分の無能さに絶望し、何もかも投げ出して、理想的な政治家が治め、心優しい美女が待つ国へ逃げ出したくなる。

だが政治家も妻も、選ぶときに判断を間違えたのだから、「間違えた」という判断も間違えている公算が大きい。妻の言う通り、わたしにはもったいない妻、過ぎた政治家なのかもしれない。判断力がないため何一つ確実なことが言えないから、何事にも自信なく小声で「分かりません」と言うしかない。こんな弱腰の自分など見たくなかった。

【Ⅱ】家の中に家族がずっと一緒にいることでＤＶや虐待が頻発している。家の中は人間関係が難しいと思っていたが、家こそ、社会的距離が必要な場所だったのだ。他人や外国と共存できるのは、物理的に距離があるからかもしれない（自分の家や自分の国に侵入してきたら必ず争いが勃発するはずだ）。

わたしは常々、北極圏や山岳地帯など苛酷な環境になぜ人が住んでいるのか、不思議に思っていたが、他の人間から距離を取った結果なのかもしれない。

唯一、距離を取れないのは、自分自身だ。距離ゼロの自分自身によく我慢できているものだ。たぶん、自分をありのままに見ておらず（「だれも分かってくれないけど、わたしは絶世の美女だ」「オレは人に勝ったことはないが、本気を出せば簡単に勝てる。しかも女には近寄りがたいほどのイケメンだ。その証拠にだれも近寄ってこない」など）、本人とは似ても似つかぬ別人として見ているからだろう。

家の中の距離の取り方は難しいが、科学の力をもってすれば、夫の二メートル以内に近づいた妻に電流が流れる仕組みぐらい作れるだろう。それがあれば、クマを電流柵で阻止するのと同じ効果が得られる。ふつうの家の広さでは、夫は玄関先で寝起きさせられるだろうが、それでも平和と安心と尊厳は得られる。だがこんなことを考えるほど敗北主義の自分は見たくなかった。

【Ⅲ】だれでも自由はほしがると思っていた。だれでも刑務所に入るのをイヤがるはずだ。だが、パチンコ店に並ぶ客が「禁止になればいい。店が開いているから来るんだから」と言ったことには驚いた。自分で決める自由を放棄しているのだ。それなら国が全財産を差し出せという法律を作れば、喜んで従うのだろうか。

人類は命を賭けて自由を勝ち取ってきたが、その一方で、これほど簡単に自由を放棄する人がいるのだ。そう思って、自由を獲得するために命を賭けた人々の長い苦難の歴史をたどろうとしたが、ツキジデス『歴史』のペリクレスの演説しか思い出せない。思い出そうとしていて気づいた。わたし自身、自由を奪われることを嫌うくせに、自由をもてあましているではないか。

どれをとっても、自分の情けなさが目に余る。こんな自分を見たくなかった。

コロナの今後

コロナとコンロの専門家、頃名氏に聞いた。

「自粛から解放されてホッとしましたね」

「バカ者！　自粛は二度とゴメンだと言うタワケ者がいるが、突然変異で致死率八割まで強毒化していたら、外出禁止の継続を叫ぶに決まっている。日ごろ私権を守れと主張している連中が、私権の制限を叫ぶはずだ」

「状況によって考えが変わるということですか？」

「いざとなると本性が出る。EUにしても、感染が広がったら、国境撤廃の理念を捨てて国境を封鎖した。一体に見えてもバラバラだ。まるで夫婦じゃないか」

「ところで政府の対策への支持率が低いのですが」

「気にするな。国民は民意をくみ取れと言うが、アンケート調査を見て政策を決めたら、どうなる？」

「それだとポピュリズムというか大衆迎合主義です」

「ほらな。民意に沿っても沿わなくても、どっちみち批判するんだ」

「ところでコロナの第二波が来ると言われています」

「専門家として断言する。第二波が来るのは九月二十三日の可能性がある」

「えっ、どうしてそう言い切れるんですか？」

「可能性があると断言しているんだ。十月三十日かもしれないし、十二月……」

「それなら、いつでもいいじゃないですか」

「バカ者！　それなら十月三十七日の可能性もあるのか？　調子に乗るな！」

「失礼しました。第二波で終わるんでしょうか」

「何度来てもおかしくないが、限度がある。一年に二百波、三百波になると、波と波が区別できないから一つの波と変わらない」

「第二波を抑えるには検査を徹底すべきでしょうか」

「国民全員を検査しても抑えるのは無理だ。ＰＣＲ検査が九十九パーセントの感度だとしても、感染者が十万人いた場合、陰性と判定される者が千人は出る。感染爆発を起こすに十分な数だ」

「その計算、確かなんですか？」

「分からん。オレの計算は外れ続きだから、そろそろ当たってもいいころだ。かりに完璧な検査によって入院患者以外全員が陰性だったとしても、潜伏期の者がいるかもしれないし、検査直後に感染するかもしれない。それを排除しても、鎖国しない限り、いつかは外国から感染者が入ってくる。麻薬を見ろ。いくら警戒しても密輸入は絶えない。いくら感染者をゼロにしても無駄になる。ちょうど銭湯で頭を洗っている者に、イタズラでシャンプーや小便をかけ続けるようなものだ。本人はきれいにしているつもりでも、いつまでたってもきれいにならない」

「そんなイタズラがあるんですか？」

「健全な者ならだれでもやるだろう」

「不健全でよかった！ 最後に、何か主張したいことがありますか？」

「少し前、演劇人が、芸術は社会に不可欠だから補償しろと言っていたが、これには驚いた。医療や介護で真面目に働いている人たちに顔向けできるのか。若いころ『売れなきゃ哲学でも何でもやる』と言って、周囲の反対を押し切って演劇の道に入ったはずだ。オレだってロックで天下を取ると言って家を出て以来、一度も日の目を見ていないが、あきらめたおぼえはない。補償を求めようと思う」

「コロナに無関係です。バカだと思われますよ」

「持続化給付金もあるらしいが、これはもらえないか？ 外出自粛で買えなかった宝くじが当たっていたかもしれない。先日のダービーでも予想通りだった。ネットでやる方法を知らないから泣く泣く配当を逃した。その補償を求めたい」

「恥を知れ！」

人生は問題だらけ

人生は問題だらけだ。以下はある人生相談である。

【相談】横暴な夫に耐えられません。家事は二人で分担するものです。違いますか？　ゴミ出しのどこが難しいのでしょうか。ただ移動させるだけです。食器洗いはアライグマでもやっています。洗濯の担当はわたしです（スイッチを入れる係です）。夫は洗濯物を干して、乾いたらたたんでしまうだけです。料理もネットの通りにするだけなのでロボットでもできます。それなのに夫は嬉々として家事にいそしむどころか、「食洗機を買ってくれ」「エステに行った帰りにネギを買って来てくれ」など文句や注文ばかり。すべて自分がラクをするためです。利己的すぎます。我慢すべきでしょうか（東京　五十七歳女性）。

【回答】おっしゃる通り、文句ばかり言う男はクズです。わたしは一度も文句を言ったことはなく、逆らったこともありません（それなのにクズと言われています）。ただ、気をつけないと反抗することがあります。知り合いの男は長年、会社に行く前に奥さんの昼食を作っていましたが、「おかず五品」でなくてはならないのに四品にしてくれと言うようになったそうです。

男も生き物です（ゴキブリだって生きているのです）。気をつけないと男も死んでしまいます。ただ、男は甘やかすともっと早死にします。男は苛酷な環境にいる方が健康で、死ぬときもポックリ逝きます。床に落ちた物や消費期限切れの物を夫に食べさせているうちに抵抗力がついたためか、長生きした例もあります。商品と違って乱暴に扱う方が長持ちするのです。だから大切にしすぎるのは禁物です。夫のためと思って我慢してください。

【相談】妻が十年前になくなり、一人暮らしです。将来が不安です（岡山　七十歳男性）。

【回答】男が一人になると、引きこもって人との接触を避けるようになり、高血圧、糖尿病、鬱のリスクが高まります。しかし、この時期こそ天国だということを忘れてはなりません。どうせ死ぬのです。好きな物（身体に悪い物です）を食べ、好きなときに起き、タバコを吸い、ギャンブルもし放題、自堕落の限りを尽くしましょう。それで財産を使い果たすなら本望ではありませんか。生きているうちにきっちり使い切るなどとケチなことを考えては何事も楽しめません。

子どもや女から、老後の面倒をみてやるとの親切ごかしのことばをかけられても、絶対に耳を傾けてはいけません。財産目当てか、年金目当てか、保険をかけて殺されるかです。何より、小さい安楽のために貴重な自由を売り渡してはいけません。第一、人の顔色をうかがい、窮屈な思いをする暮らしのどこが安楽でしょうか。それぐらいなら、将来は野垂れ死にしても、ワガママ放題に生きるべきです。晩年ぐらい、自由を満喫しないと、何のための人生だったのかと、死後、必ず後悔します。

【相談】夫が言うことを聞きません。本も衣類も散らかり放題です。トイレの便座を上げたままにすることが一月に一回はあります。哲学をやっているせいか、常識がない上、何を考えているのか、何を言ってもナマ返事です。最近、殺意を覚えるようになりました。殺すべきでしょうか（兵庫　七十一歳女性）。

【回答】もしあなたがわたしの考えている人なら、早まった行動は絶対にやめてください。そうでなくても殺すのはやめてください。便座も本や衣類の整理も今日から改めます。さっき歯切れよく「はい！」と答える練習を始めました。常識がないのは哲学を始める前からですが、哲学を知る前から常識外れになるほど哲学の影響力は大きいのです。でも必ず改めますからくれぐれも早まらないでください。

老人ホームで心を入れ替えた

老人ホームに入居して八ヶ月になる。老人ホームと言っても様々だが、わたしがいるのは介護棟併設の高齢者マンションだ。部屋のところどころに緊急ボタンがあるのを除けば、通常のマンションと変わらない。

入居者は一般居室、介護居室にそれぞれ百名、うち四分の一が男だ。だが廊下で見かけるのは圧倒的に女性の方が多いから、印象では四分の五が女性だ。まるで花園に迷い込んだハンサムなゴキブリになったような気分だ。

居心地はいい。今後何百年でも住んでいたいほどだ。職員の人たちはとても親切だ。管理費を滞納しても親切なままかどうかは、考えないようにしている。

行動は自由だ。ああしろ、こうしろとは言われない。南極探検もエベレスト登山も宇宙旅行も自由だ。どうしてもやりたければ、オリンピックに出場して体操の床競技で、後方抱え込み2回宙返り3回ひねりをするのも自由だ。ただ、管理費を滞納する自由はない。

自由は何よりも貴重だ。年収三百万円の不自由な生活と、年収一億円の自由な生活のどちらかを選べと言われたら、わたしは躊躇なく自由な生活を選ぶ。問題は自由の使い方だ。「何をしてもいい」と言われたら自堕落な生活をすることしか思い浮かばないのだ。

わたしのような自由奔放なタイプは、自由を与えられると、身体を自由に動かせる残り少ない貴重な時間を、とことん自堕落になるために使う恐れがある。

先日、観察して気づいた。入居者の多くは自堕落どころか、自分を厳しく律し、向上心に富む生活をしている。一日何歩と決めて散歩する人もいれば、部屋の中を歩いている人もいる。歩行器や車椅子を使って毎日廊下を行き来している人もいる。なぜか、そういう人は女性ばかりで、例外なく若々しくて、年齢より十歳は若く見える。

コロナによる外出自粛から解放された日、決心した。毎日歩こう。往復五千歩ほどの場所まで歩いた。神戸は坂道が多いから、運動量は大きい（体力の観点から見ると、神戸の坂道に下り坂は存在しない）。これで増加の一途をたどる体重に歯止めをかけ、寝たきりになるまでの時間を延ばせる（その時間をどう使うかは考えないことにする）。だが、五千歩分のカロリーを消費した達成感に気持ちが高揚し、帰りにタコ焼きを買って食べたから、差し引き消費カロリーはマイナスだ。これなら歩かない方がいいかもしれないと判断して、散歩は保留中だ。

落ち込んだときに知った。施設の食堂で横に座った女性が、九階の居室までエレベータを使わずに非常階段を上り下りしているという。それを聞いて驚き、反省した。これからは心を入れ替え、エレベータをやめて階段を上り下りしよう。

わたしの居室は五階だ。実際に上ってみると、昔なら二、三段おきに駆け上がっていたのに、まるで毒を盛られたように身体が動かない(同室のだれかが盛っているのか?)。三階で息は切れ、心臓は爆発寸前だ。だがここであきらめたら負けだ。九階の女性はわたしより年上なのに毎日何度も上り下りしているのだ。わたしはこれまで、つらくなると「つらいことをする時間があれば、その時間をもっと有意義に使えるはずだ」と考えて逃げてきた。その結果が、生活習慣病に向かって走る、たるみきった心身だ。無理にでも苦しさに耐えていれば、いつか必ずや、階段で死ぬだろう。階段に緊急ボタンはないが、警備員が見回ってくる午後十時には発見してもらえる。

三日後、体調不良でやむなく階段の代わりにエレベータを使って以来、体調不良が続いている。

テレワークに関する一問一答

外出自粛でテレワークがかなり普及し、利用者の意識が変わってきたと言われている。以下はテレワークに関する一問一答である。

【問】うちの会社でもテレワークが実施されそうです。いまわたしはコピー取りやお茶汲みをさせられていますが、テレワークになると、そういう仕事から解放されるのでしょうか。

【答】そういう仕事は不要になるので、担当者は遅かれ早かれクビになります。

【問】医療従事者支援マスクを訪問販売で買ったところ、テレワークに参加しないかと誘われました。マスク会員を一人増やすごとに稼げるというのです。近々、テレワークせんべいも扱うそうです。会員になるべきでしょうか。

【答】それはテレワークとは無関係です。ネズミ講です。参加してはいけません。

【問】会議の時間になり、自宅でパソコンを開くと、同僚の姿は見えず、内容がまったく理解できませんでした。テレワークに向いていないのでしょうか。

【答】わたしの知り合いは、ヘンだと思いながら見ていて三十分後に、見ているのが韓国ドラマだと分かったそうです。もうけものだったと言っています。

【問】上司から「君はリモートで会社の外からわれわれの仕事を見守ってくれ」と言われました。クビになったのでしょうか。

【答】お察しの通りたぶんクビです。ただし、給料をもらえるならクビではありません（仕事をしないで給料をもらっている人もいます）。給料が出なくなったら、はっきりクビです。

【問】遠洋漁業に出ている知り合いが、遠洋漁業もテレワークだと言いました。正しいでしょうか。

【答】本人がはるばる遠洋に行っているのだから、テレワークではありません。

【問】再度質問です。ではドローンを操作して農薬散布をしたり、ＮＡＳＡの職員がロケットや人工衛星を操作したり、医師が遠隔手術をするのは、テレワークでしょうか。操作を自宅から行えばテレワークでしょうか。操作者がホームレスならどうなるでしょうか。

【答】あなたの質問は、何メートルの高さがあれば山と言えるのかという問題と同じです。正解はなく、好きなように決められます。どんな質問にも答えがあると思うのは愚かです。

【問】最近、妻が家事をテレワークすると言って、喫茶店に行き、電話であれこれ僕に指示するようになりました。これは「家事のテレワーク」と言えるのでしょうか。なお、妻は温泉に友だちと行き、参加したければあなたはリモートで参加しなさいと言われました。妻の言い分は正しいのでしょうか。

【答】気づいていないのかもしれませんが、あなたは奥さんの奴隷になっています。一刻も早く別れましょう。別れるのが難しければ、テレワークがなく残業が多い会社に転職して、在宅時間を減らしてください。

【問】遠隔授業が面白くありません。要領を得ず、理解できた部分はくだらない内容です。ちゃんとした先生の授業も配信しているのだから、それを聴講できないのでしょうか。

【答】いずれはそうなるでしょうが、いまは過渡期です。クズ教師にも生活があります。もしかして、あなたはわたしの教え子ですか?

【問】テレワークで会議中、都合が悪くなったときにかぎって無線ＬＡＮの電波が途切れます。わざと電波を切っていると誤解されそうで不安です。

【答】都合が悪くなったとき電波を切るのは五回に一回程度に抑えましょう。玄関のインターホンを家族に鳴らしてもらう、携帯から家の固定電話にかける、子どもや犬に割り込ませるなどの方法も使わないと怪しまれます。

不安を感じない能力

なぜ人間は不安を感じるのだろうか。答えは明らかだ。不安がなければ、行動は軽率になり、簡単にウイルスに感染し、事故で命を落としてしまう。生き延びるためには不安が必要だ。

だがそうすると説明がつかないことが出てくる。不安のタネは無数にある。大災害に見舞われる、ガンが見つかる、核ミサイルが誤射される、地球が突如崩壊する、新型ペストが流行するなど、ありえないことではないのに、なぜ全部に不安を抱かないのだろうか。

さらにわたしの子ども時代が不可解になる。

子どものころ、世界は死ぬほど怖いものに満ちていた。人さらい、お化け、幽霊、鬼、父親などだ。そんな世界で暮らしていれば不安にさいなまれても不思議ではないが、不安を抱くことはほとんどなかった。予測する能力がなかったのか、待ち受ける恐怖に直前まで気づかなかった。毎日宿題を忘れては叱られ、翌日また宿題を忘れていたのだ。

叱られるのが怖くなかったわけではない。とくに父は死ぬほど怖かった。父から逃げ回ってトイレにこもったとき（逃げ込めるなら地獄にでも底無し沼にでも逃げただろうが、いざとなると逃げ場というものはどこにもないものだ）、父が鬼のような剣幕でドアの把手を引きちぎるように壊して入って来たときには、絶対に殺されると確信した。実際に父の怒りの半分は殺意だったと思う。それほどの恐怖に怯えても、翌日には忘れていた。行動が変わることもなかった。

なぜ恐怖を簡単に忘れることができたのか不思議である。小学校四年生のとき、教室で毎日創作童話を語る係にされていたが、準備は一切せず、教壇に立たされて初めて、恐ろしい状態に置かれていることを知った。話を適当に作ってゴマカしてやっとの思いで切り抜けた次の瞬間には、翌日も話をさせられることを忘れていた。

すぐ忘れるという性質をいまも失ってなければ、妻に叱られて（妻の怒りにも殺意が混じっている）シュンとなっても、五分後には立ち直れるはずだ。

不安に襲われるようになったのは、思春期になってからだ。他人にいいところを見せようという欲望が肥大して不安が増大した。人前で話をするときは、いくら練習しても不安で緊張し、恐怖ですくむようになった。だが、不安の対象は健康と対人関係に限られていた。

だから普通なら不安を抱くような状況でも不安を感じなかった。大学で哲学専攻に決めたときもそうだ。哲学書を開けば一ページも理解できず、教えてくれる人も本もなく(大学は基本的に独学だ)、そんな状態では哲学はものにならず、ものにならないことが分かってから方針転換しようにも就職先はない。それが目に見えているのに、将来に不安を感じることは一切なかった。

こうしてみると、人間は不安を感じないようにできているとしか思えない。これは、貴重な能力ではなかろうか。もし不安ですくみ上がっていたら、哲学を究めるなどという無鉄砲なことはできなかっただろう。人間が不可能とも思える偉業を成し遂げたり、破滅的な行動(戦争、ギャンブル、結婚など)を選んだりできるのは、不安を感じないでいられるからだ。コロナの恐怖が一時的に薄れると、危険を冒す行動に走るのもそのためだろう。

これは重大発見だ。これを無料で教えると、昔の教え子が言った。

「大学時代、こんな先生に教わっていいのか、と不安しか感じませんでした」

妻が言った。

「結婚前から不安だった。あなたがいると安心できたためしがない。早く安心させてほしい」

不安になってきた。

究極の願い事

七夕だ。老人ホームにも笹が置かれ、願い事を書いた短冊が飾られる。幼稚園児が書く短冊とは大きく違う。「一日も早く夫のもとに行けますように」とか「メガビッグが当たりますように」といった短冊がある。

子どもの書く願い事は、「警察犬になりたい」や「恐竜になりたい」のような意味不明のものや「地獄に落ちませんように」「パパの足がいいにおいになりますように」などだ。このころは父親の足のにおいをかぐ可能性を認めている分かわいい。五年後には「パパの足がにおわなくなりますように」となり、さらに五年後には「パパの足がなくなりますように」となり、その五年後には「パパがいなくなりますように」になる（三十年後には「パパがいつまでも生きて年金が入りますように」になる）。

わたしなら何と書くだろうか。最初に浮かんだのは、「まわりが温厚になりますように。百分の一でいいから」だ（どれだけやさしさに飢えていることか）。

次に浮かんだのは「戦争も災害も疫病もない世の中になりますように」だ。だがこれでは不十分だ。肝心の物が欠けている。わたしである。だから「その世の中にわたしもいますように」と書く必要がある。

だが、これでも不十分だ。わたしがいればいいわけではない。寝たきりにも認知症にもなっていないことを願わなくてはならない。

これでも足りない。いくら元気でも、食べる物にも困るようでは困るから、「食べられるだけの経済力がありますように」という文言が必要だ（忘れていたが、「哲学の洞察力が深まりますように」を最初に書くべきだった）。

それでもまだ不十分だ。「除け者にされたりしませんように」も必要になる。さらに後ろ指をさされては楽しく生きられない。そこで「生き恥をさらしませんように」を付け加える必要がある。

それだけではない。人々のヒンシュクを買わないまでも、何となく除け者にされたような気になることがある。毎朝、挨拶を交わす隣人が不機嫌そうな顔で口をきかない、いつも愛想のいい店員が無愛想だ、女子高生がわたしを見て汚い物でも見るように顔をしかめるなど、その人たちにわたしを嫌う気持ちがなくても、そういう偶然が続けて起きるだけで気分が暗くなる。わずかな出来事が幸不幸を左右するのだ。偶然は重要だ。偶然の力で楽しくギャンブルもしたい。だから、偶然が悪い方に偏らないよう願う必要がある。

これで終わりではない。「あと一歩」というところで望みがかなわない場合がある。しゃべる能力が芸人なみに秀でているのに人里離れた山奥に住んでいるため話し相手がサルしかいない、ホールインワンを三回連続達成したのに目撃者がいない、歌唱力抜群なのに独裁政権が歌舞音曲を禁止した、固いセンベイをかじるのが大好きで、センベイを大量にもらったのに歯が一本しか残っていないなど。「あと一歩」であるだけに、いっそう不幸である。そうならないよう願わなくてはならない。

まだある。アラブには「ラクダ千頭のノミがお前の両脇にたかりますように」という呪いがある。このような呪いが実現しないよういちいち願わなくてはならない。

こうしてみると、願い事を全部書き尽くすには短冊が何万枚あっても足りないことが分かる。こんなに願い事をかかえてわたしは何がしたいのか。哲学者なのに欲まみれではないか。ソクラテスを見よ。哲学の知恵だけを求め、市民の投票で死刑になっても従容として受けいれた。やさしさに甘え、後ろ指を恐れるわたしはクズだ。わたしに必要なのは無欲だ。無欲で凜としている警察犬になりたい。これが究極の願いだ。

味にうるさい男

グルメが嫌いだ。グルメを気取る男は自分の味覚が絶対だと思い込んでいるが、民族によって味覚は違う（ケイ素でできた宇宙人はものすごく好みが違うはずだ）。昔、鯛料理と勘違いしてタイ料理の店に入ったら、どのメニューも食べられなかった。そのとき思った。タイに生まれなくてよかった（鯛にも生まれなくてよかった）。

夫婦間で味覚が違ったら悲劇だ。自分の好みを伝えればいいと思う人は世の中を簡単に考えすぎている。妻の料理に夫が「もっと薄味がいい」と言うと、妻は十中八、九ちゃぶ台をひっくり返すはずだ。それ以後、夫は好みを伝えることができなくなる。かといって、夫が作ると言えば「わたしの手料理が気に入らないのね」と言ったきり三日間口をきかない。こうなったら味は一生我慢するしかない。感想も「おいしい」と「とてもおいしい」の二つしか認められない。このように味を選ぶことを永遠にあきらめた男は、味にうるさいグルメ男が許せなくなる。

グルメを気取る男に言いたい。野生動物を見よ。えり好みをするか？　餓死する一歩手前で食べている野生動物に対して恥ずかしくないか？　もし牛に生まれたら草しか食べられず、鳥なら毛虫を食べ、魚ならゴカイやミミズを一生食べなくてはならないのだ。贅沢言わず、出された物をありがたく食べろ。

主婦も同意見だ。以下はある主婦が女友だちにかけた電話である。

※

そんなにおいしい物を食べたきゃ外食すればいいじゃないの。ダンナにそう言ったら、「一日七百円の小遣いでおにぎり以外の何が食べられるのか」と口答えするのよ。「タバコをやめればいいじゃないの」と言ったら、「タバコは唯一の楽しみなんだ。タバコをやめたら何を楽しみに生きればいいんだ」だって。バカよね。タバコが生きがいって。「やめればおにぎりだっておいしくなるし、何より、あなたの身体のためなのよ」と言ったら、「早死にできるなら、このまま吸い続けたい」って言うのよ。理解できないわよ。この前も、砂糖と塩を間違えただけで大騒ぎするんだから。味にうるさすぎるわよ。男のくせに細かいことばっかり。武士は食わねど高楊枝って言うじゃないの。たとえ何も食べなくても爪楊枝ぐらい、くわえられるはずよ。子どものころ、おしゃぶりをくわえてたんだから。武士のような気骨のある男っていないの？　ダンナが「とてもおいしい」と言ってガツガツ食べるのは、スーパーの惣菜のときなのよ。おいしいのも当たり前よね。プロが作っているんだから。スーパーの惣菜を買うのも大変なのよ。半額になるのを待っていて、狙っているものが買えず、夕食が赤飯とタコ焼きになることもあるし。

この前、パラパラチャーハンを作ったら、べちょべちょになったのを雑炊って。そんなバカ舌とは思わなかった。そんなバカ舌のためにと思ったら作る気がなくなるわよ。わたし？　作っていると食欲がなくなって食べられないから。とくにランチでバイキングを食べるでしょ？　その日は無理。

この前、ダンナが「いつまでも作ってもらうのは心苦しい。君の料理はずっと食べたいんだ。でも少しはラクをしてもらいたいと思って」といって自分で作ると言うのよ。いつになく深刻な顔つきで。自分で作った料理をいままで見せたことがないような勢いで食べたのよ。やればできるじゃないの。いままで作って損した。あっ、それからね、予約が取れない寿司『三郎』の予約が取れたのよ。明後日十一時ね。いつものパーラーで。じゃあ。

タイトル獲得後の記者会見

藤井聡太棋聖が誕生したとき、日本中が喜んだ。輝くばかりの才能が花開き始めたことを喜びながらも、わたしは後悔した。道を誤った。わたしも同じ才能を与えられ、五歳から将棋を始めていればよかった。

記者会見でも藤井棋聖は完璧だった。わたしがタイトルを取ったらこうなる。

――いまのお気持ちをお聞かせ下さい。

「『いまのお気持ちは?』と聞かれるだろうという読みが当たったと思ってる。もっと予想しにくい質問をしてほしかった」

――すみません。タイトル獲得のご感想はいかがですか?

「うれしいと言うしかない。どんなうれしさかを細かく言うのは難しい。タイトルを獲得したうれしさと競馬で当てたうれしさは違うはずだし、タイトルを獲得した上に競馬で当てたら、それぞれのうれしさを合計したうれしさを表現する方法がない。だから漠然とうれしいとしか言えない。こんな決まり切った質問はやめてほしい。子どもがイモ掘りをした感想を聞かれると、『楽しかった』と言うが、アンパンマンミュージアムの方がよかったと思う子にも『楽しかった』と嘘をつかせている。その嘘のせいで泥棒になったらどうするのか？　感想を聞かれれば、決まった答えを返すしかない。そこには何の情報もない。質問する意味がない」

——喜びを盛り上げたいんです。もし「うれしくも何ともない」と言ったら水を差してしまいます。結婚式で「おめでとう」と祝福の気持ちを盛り上げると「ありがとう」と返すでしょう？　何の情報もありませんが、それのどこが悪いんですか？

「じゃあ適当に返答を作ってくれればいい」

——それなら「顔を醜く歪めて涙と鼻水にむせび、汚らしいだけだった」と書きます。

「ひどい！　答えるから質問を続けていいよ」

——藤井棋聖は、かつて「将棋の神様にお願いするなら、何？」と質問され、「せっかく神様がいるのなら一局お手合わせをお願いしたい」と答えました。先生ならどう答えますか？

「何個お願いしてもいいの？」

——一つだけです。

「じゃあ、願いを百回にしてくださいとお願いする」

——それはできません。願いに関する願いは禁止です。

「それなら、やっと世界に平和が訪れて一週間後、宝くじで合計百億円当てて臨んだタイトル戦で完勝し、無病息災、家内安全の家族に朗報を知らせるという日々を五十年続けたい」

——それも複数のお願いを含むので、一つに絞ってください。

「じゃあ、百億円くださいとお願いしたい」

——将棋の神様に関係ない願いは禁止です。

「あれもダメ、これもダメと禁止が多すぎないか？　ここはおれの家か？　それなら、すぐに換金できる時価百億円の将棋盤をお願いします。または将棋会館の土地建物をいただきたい」

——失望です。お金のことしか頭にないんですね。

「お金で買えるものがほしいんだ。将棋盤とか」

——えっ、将棋盤、もっていないんですか？

「部屋が狭くて置く場所がないんだ。いまは頭の中でやっている。将棋盤を買ったら、広い部屋を借りるお金も必要になる」

——……これから何をしたいですか？

「家に帰りたい……いや、帰りたくない。語り明かさないか？」

高齢者の読書離れ

一ヶ月に一冊も本を読まない人は、日本人全体の半数近くにのぼる。驚くことに、一ヶ月に一冊も読まない人が一番多い年齢層は七十歳以上だという。たぶん二百歳以上の人を調べれば、読む人はほぼいないことが判明するだろう。

なぜ高齢者は本を読まないのか。視力が衰え、小さい活字が見づらいためかもしれない（視力が劣化していない幼児向けの本はなぜか活字が大きい）。だが、視力はなくても、高齢者には幼児よりも資力があり、働き盛りの世代より時間がある。

第一、本当に読みたい本は、虫眼鏡を使っても顕微鏡を使っても、読もうとするに違いない。たとえば『絶対に死なない確実な方法（全米がうなずいた！　文科省が認可し、財務省が黙認し、家族が反対した！）』が刊行されたら、どんなことをしても読みたがるはずだ。その本の内容が「生き続ければよい」というものだったら怒るだろうが、本当に読みたい本は、視力の衰えに関係なく読むはずだ。

高齢者の読書離れの原因の一つは、おそらく多くの高齢者が向上心を失っているからだろう。これは、①自分はすでに極限まで向上しきっている、②何をもって

「向上する」と言えるのか分からなくなった、③向上してもホメてくれる親など年長者がいない、④下手に向上すると、老後をのびのび過ごせなくなる、⑤これまで本を読んでも何かが改善したためしがない、のいずれかの理由による。

実際、本を読めば賢くなるとか人格が陶冶されると思ったら大間違いだ。疑うなら、わたしを見ればいい。わたしは本をかなり読んだが、中学生以来賢くならず、人格も薄っぺらだ。かといって、本を読まなくても薄っぺらになる。疑うなら、わたしの妻を見ればいい。

本は読まなくてもいい。問題は、なぜ本を買わないのかということだ。自分の中身をよく見せようとして見栄で買う人がなぜいないのか。外面は見かけにこだわって服装や散髪で工夫する（そして失敗する）のに、内面をよく見せようとする人がいないのだ。内面の見かけをよくするには、苦労して本を読む必要はない。本を買うだけでいい。服に比べたらはるかに安い。

本をもっていれば、鍋敷きにもなり、読めば睡眠薬になる。非常時には無理をすれば食べられる。本を買って本棚に並べておけば、汚い壁を隠せる上に、断熱にも防音にもなる。たぶん防湿効果（本は湿気を吸う）、蓄財効果（大量の本があればより広い住居に引っ越しをする気力がなくなる）もある。何より、本を読んでいるという印象を与えることができる。人間の中身を評価できる人はまずいないから、大量の本で圧倒すればいいのだ。ヨーロッパの貴族の邸宅に立派な蔵書をそろえてあるのも、そのためだ（知らんけど）。

本は、並べれば価値を増す。実際、中身より背表紙の方が価値があるような本も多い。並べるなら、何と言っても古典だ。わたしの推計では、購入した古典の九割は読まれない（取扱説明書や保険の約款と同クラスだ）から、読まなくても心配無用だ。しかも古典は題名を見ただけでは内容が分からず（内容を読んでも分からない）、『ツチヤの貧格』といった題名よりも重みがある。

だが古典だけでは浮き世離れした偏屈者だと思われる恐れがある。人間的な幅広さを印象づけるためには、古典の横にわたしの本を並べるとよい。『ソクラテスの弁明』の横に『ツチヤの軽はずみ』、『罪と罰』の横に『妻と罰』が並んでいれば相当の感銘を与えるはずだ。

全世代が読書離れしているいまがチャンスだ。われわれ高齢者はせっせと本を買って持ち歩き、若者に見せびらかそうではないか。

ある取扱説明書

取扱説明書は、保険の約款と並んで、最も読まれない文章である。哲学書に匹敵すると言っていい。取扱説明書が読まれない最大の理由は、当たり前のことしか書いていないからだ。

金づちや針や大根に説明書が必要だろうか。電気製品ならプラグを差し込んでスイッチを入れさえすればすべてうまく行くはずだ。この先入観があるために、読むまでもないと思われているが、この先入観は誤りだ。ジェット機を説明書なしで動かせるはずがない。スマホでさえ全機能の数パーセントしか使いこなせていないのだ。以下は、ある取扱説明書の抜粋である。

※

【はじめに】以下は、格安全自動卓上扇風機の説明書です。使用前に本取扱説明書を熟読しないと、身に危害が及ぶ恐れがあります。スイッチを入れると、爆発する可能性がないと断言することはできません。一瞬先のことはだれにも分からないのです。スイッチを入れる前に遺書を書いておくことをお勧めします。

商品を買えば思い通りになると思うのは誤りです。世の中、思い通りになることは一つもありません。若いころの野望がかないましたか？　思い通りの結婚生活を送っていますか？　子どもが思い通りに育ちましたか？　購入した商品が思い通りの物でしたか？　そしてイヤと言うほど痛い目にあっていながら、「自分の人生はまずまずだ」と思い違いしていませんか？

商品も同じです。何が起こるか分からない危険物だという緊張感をもって使用してください。

本取扱説明書には免責事項はありません。通常、電動工具や薬など、注意事項が長々と書いてあります。書かないと、万一の場合、訴えられる恐れがあるからです。しかし包丁や金づちに「目や鼻に入れないでください。また使い方を誤ると、命を奪うことがあります」という説明が必要でしょうか。醤油に「目にささないでください。飲み過ぎると死に至ることがあります」と書く必要があるでしょうか。ピストルの説明書に「呑み込まないでください。なお適切に使うと命を奪うことがあります」と書くでしょうか。本機については、「何か起きたら使用者の自己責任である」とここに高らかに宣言します。

なお説明は難解であってはいけません。「ドライバーのアップデートは、デバイスマネージャーのプロパティから最新ドライバーをインストールし、アウフヘーベンした後、現象学的還元を施してください」ではだれも理解できません。

　本説明書では、必要な場合には説明をつけています。たとえば、「ドライバーをインストールして下さい」と書く場合、「ドライバー」とは、①運転手②ネジ回し③ゴルフの木製クラブ④牛追い⑤駆動輪⑥周辺機器を制御するプログラム、の意味で使われますが、この場合は⑥の意味です。プログラムとは、①物事を進める上での計画②演目、曲目、番組などを書いた表③コンピュータに処理させる手順などの意味がありますが、この場合は③の意味です。「上」とは、下の反対、「進める」とは「進めない」の反対のことです。なお、「上」などが読めない場合は、だれかに読んでもらってください。

　（以下七百九十八ページ略）

【困ったときは】
・「動きません」（答）このままでは動きません。特殊な形状の極小ピン（別売。定価三十二万八千円）を買って取り付けてください。
・「ピンを取り付けても動きません」（答）もう一度、本製品を買い直してみてください。それでダメなら、斎戒沐浴の後、瞑想し、道具に頼る自分をかえりみてください。

ロクでもないことしか気がつかない

酷暑が続いている。今年が特別に暑いのか、それとも歳をとって暑さに敏感になっているのか、それともまだ若いから敏感に感じられるのかもしれない。外に出ると強烈な日差しで唐揚げになりそうだ。唐揚げを食べたいのかもしれない。

暑い上に、新型コロナが終息しない。そのため、正義を振りかざして、マスクをしない人や帰省する人を弾劾する者が現れ、そういう弾劾行為を弾劾する人たちも現れた。これらの人たちは自分のしていることに罪悪感を抱かない。なぜなら、彼らは「正義を実現するんだ」という正義感に燃えているからだ。だが「何が正義か」は何とでも考えられる（戦争もケンカも、正義を主張する者同士の争いだ）。だれでも自分は正しいと解釈しうるのだ。

最近、わたしは彼らとは正反対だということに気がついた。不都合なことがあれば、いつも自らの正義感に従って、謙虚にも自分を責めてきた。そしてまわりの者たちも正義感に従ってわたしを断罪してきた。妻からは長年わたしが悪いと言われ続けてきたため、いまでは自分が極悪人か、よくても人でなしだと確信するに至っている。

手をこまねいているわけではない。姑息ながら、評価を上げてもらうために、妻のことはホメすぎるほどホメることにしている。あるとき、餃子の皮を包むのが上手だとホメると、妻が「餃子をきれいに包むことができても何にもならない」と珍しく弱気な発言をする。ここが頑張りどころだ。すかさず「そんなことはないよ」と強く否定して頭をフル回転させたが、「役立つじゃないか……餃子を包むのに」としか言えず、わたしのことばが軽薄だという印象を与えてしまった。

わたしは責められても、責任を人になすりつけたりしない。だから、財布から金を抜いた、ネギを買い忘れた、嘘で固めた言い訳をした、軽薄だなど、何から何までわたしのせいにされても、全責任を自ら背負ってしまう。この調子でいくと、暑いのも新型コロナが終息しないのもわたしのせいにされるだろう。人類の罪を背負うキリストになった気持ちだ。

こんな事態になった責任者を過去にさかのぼって探し、責任を取らせようとしたが、記憶力も衰えていることに気がついた。

現に、この一週間どんな有意義なことをしたかどうしても思い出せない。三十分間思い出そうと努力してやっと、「有意義なことをしないと、どんな有意義なことをしたかは思い出せない」ということを思い出すことができただけだった。

幼稚園以前のことになると何一つ思い出せないし、それ以前で覚えているのは、仏教伝来や平安京遷都の年と百三十八億年前に宇宙ができたことぐらいだ。最近、三分前のことも完全に忘れていることに気がついた。食事のとき何回嚙んだか、部屋に入るとき右足から入ったかどうか、どうしても思い出せない。

記憶喪失か認知症かもしれないと思うが、考えてみれば将来へ向けての計画性もないから、現在に生きるタイプなのかもしれない。

記憶力だけではない。最近、方向感覚が致命的に欠けていることに気がついた。自分がどこにいるかも分からない。自分が居間にいることは分かるし、居間が神戸市にあり、神戸市が日本にあることも分かるが、日本が宇宙のどこにあるのか、宇宙そのものがどこにあるのかという肝心なことがさっぱり分からない。ちょうど、手元にある機械が、部品の機能はすべて分かっているのに、全体として何のために使う機械なのか見当もつかないのと同じ事態だ。

気づくのも考えものだ。どうせ気づくのは自分の欠点ばかりだ。もしかして欠点しかないのか？

詐欺にならない本の書き方

新型コロナの感染予防のため、多種多様なマスク、フェイスシールド、マウスシールドが発売されているが、感染を予防する壺を売ったら詐欺になるだろうか。

教え子に聞いた。

「詐欺に決まってます」

「でも壺を頭からかぶれば予防になる。あるいは使用法に『壺を常に抱えて歩くこと。しかし壺を絶対に人に見られてはいけない』と指示してあれば、人前に出られないから予防になる」

「感染予防のお守りは売られています」

「お守りに輪ゴムを二本縫いつけて無理やりマスクにすれば予防になる。大きいお守りなら頭からかぶれば前が見えないから、出歩けないし、人との接触もなくなる」

「ご利益(りやく)をうたう宗教は詐欺にならないんですか？」

「ならないだろう。『十分な信仰心があれば効くはずだ』と言われたら、論理上、言い返せない」

「『効かないのは信仰心が足りない証拠だ』と言われますからね。ところで先生が洋服店で店員から『お似合いですよ』と言われた場合、完全に嘘ですよね」

「似合うかどうかは相対的な問題だ。セーラー服より似合えば嘘とは言えない」

「先生に一番似合うのはパンダの着ぐるみです」

「全身を隠せと言いたいんだな。一つでも似合うのがあってよかったよ。ところで、よく『がんばります』と決意を表明するだろう？　わたしは数限りなく表明したが、いつも怠けてきた。でも嘘はついてない。『がんばります』と言ったときは本当にそういう気持ちだったんだ。実行段階で失敗しているだけだ」

「結婚式で『一生幸せにします』『一生支えます』と誓うのも、そのときの一時的な気持ちなんですか？」

「その通り。しかもお互いに相手がそのときのままならまだしも、別人のようになるんだ。詐欺にあったようなものだ」

「そう言えば、『みるみる痩せる』と銘打った本の通りに実行したんですが、効果はゼロです。これって詐欺ですよね」

「知らないようだから教えるが、腹一杯食べながら実行しても効果はないよ」

思い当たるところがあったのか、教え子は電話を切った。考えてみれば、詐欺になりそうな本は多い。『あなたも大金持ちになれる』『成功する秘訣』などだ。どんな内容なら詐欺呼ばわりされないだろうか。

・『妻と平和に暮らす方法』　歯の浮くようなホメことばを連発する、半日怒らなかったというだけの理由で感謝する、家事は全部引き受ける、浮気しない、といった程度では不十分だ。「離れて暮らす」があれば他はなくてもよい。

・『運動も筋トレもいらない身体改造法』　何もしなくても、どっちみち身体は歳とともに劇的に変化し、子どものころとは似ても似つかない身体に変わる。

・『こうすれば願いはかなう』　願い事を控えめにする。「今日一日生きられますように」とか「宝くじでハズレても、爪を剝がされたり、歯を抜かれたり、舌を抜かれたりしませんように」といった願い事に限定する。こうすれば感謝の毎日を送ることができる。

・『成功者になる方法』　失敗しなければよい。成功か失敗かは、何を狙うかによって決まる。五キロ痩せようとして三キロ太れば失敗だが、三キロ太ろうとしたのなら大成功だ。結果を見てから狙いを決めればいい。標的を狙うのではなく、矢の当たったところへ標的を描けば百発百中だ。

・『努力しないで富豪の何倍も稼ぐ方法』　特に何もしなくてよい。十万分の一倍なら稼げるはずだ。

念のため、最後に「効果には個人差があります」と書いておくとよい。

中の章

やる気がなくてよかった

この三ヶ月の間で一番笑い、一番感銘を受けたことばがある。インターネットで見つけたことばだ。

ある人が七歳の娘さんに「最近パパ自信を失ってるから、なんかパパのすごいところ言って」と言ったところ、娘さんは「やる気がないのに仕事がんばっているところ」と答えたという。

これほど賢くて、やさしくて、奥深くて洞察力のあることばがあるだろうか。ホメようがない相手をホメるのに四苦八苦しているわたしには、この子の才能がうらやましくてならない。

ホメるところがないのにホメる点を見つける子は、欠点を見つける才能にも恵まれていると推測されるが、それを考慮しても、すばらしいの一言だ。

この子のことばを敷衍（ふえん）するとこうなる。「やる気があって仕事をがんばっている」では自慢にならない。やる気があるなら、仕事をがんばるのは当たり前だ。仕事をしなければむしろ苦痛だろう（やる気があったためしがないので確かなことは言えないが）。やる気のある人はただ自分のしたいことをしているだけだ。どこにホメる要素があろうか。

やる気のない人は違う。仕事は苦痛でしかない。その苦痛を乗り越えて仕事をしているところに、ホメられる理由がある。

わたしはこのことばに感心しただけでなく、救われた。子どものころからこの歳になるまで「やる気がない」と叱られ続けてきた。いまやそれが逆転し、「やる気がない」がゆえにホメられる可能性が出てきたのだ。これほど大きい福音があろうか。わたしが人間のクズと思われてきた一大原因は、やる気がないことだ。だが、それがいまやホメられるポイントなのだ。あとは、仕事をがんばりさえすれば、ホメられるはずだ。

この論理は応用がきく。ピーマンが嫌いなのに我慢して食べる方が、ピーマンが好きで食べるよりも、ホメられるべきだ。苦痛を乗り越えているからだ。

とくに人一倍我慢しているわたしには恩恵が大きい。わたしは毎朝、いつまでも寝ていたいのに無理やり起こされているが、自然に目が覚める人とはわけが違う。起きるのに必死の努力が必要なのだ。その努力の分、ホメられるべきだ。

またわたしは妻に何を言われても言い返さない（人間が丸くなったのだろう。丸くなったのは三十五年前からだ）。言い返したいのに身の安全のために我慢しているのだ。それだけ克己心がある。ホメられてもいい。

電車で席を譲るにしても、譲りたい人が席を譲っても、自分のしたいことをしているだけだ。それに対し、わたしのように、座っていたいのに、人目を気にしてイヤイヤ譲る人は、苦痛を乗り越えている分、エラいと言うべきだ。

浮気を必死に我慢している夫は、他の女に無関心な夫に比べ、我慢している分、エラいはずだ。これは多くの男には光明だろう（わたしは違う）。だが冒頭の女の子が「浮気したいのに我慢しているところ」をホメるかどうか疑問である。ましてや大人の女は絶対にホメないだろう。論理が通用しないのは、男にとって残念だ（わたしは残念ではない）。

またわたしは、ふつうに歩いているように見えるかもしれないが、地面に寝そべりたい気持ちを我慢している（老人が地面に横たわっていると救急車を呼ばれる恐れがある）。だから、地面の上に横になるのは、転ぶか、行き倒れになるのを待つしかない。そういう葛藤を抱えながら歩いている。ホメてもらいたい。

穏健な例（ピーマンと座席を譲る例）を選んで妻に話すと、妻はこう言った。

「そんなに無理やりホメられたいの？　バッカじゃないの！　何歳だと思ってるの！」

寝たくない

三歳になる女の子にお母さんが「いい加減寝なさい!!!」と怒ったところ、娘さんは号泣しながら、こう叫んだという。

「人生が楽しい!!! こんなにも楽しい! 寝たら寝た分だけ減ってしまう! 人生が!」

三歳児に「人生」ということばは使えるものではない。「人生は楽しい」という表現に至っては、わたしなど、七十五年の間に二度、ギャンブルにボロ勝ちしたときに使っただけだ。「人生はむなしい」という表現はかなり使う。ギャンブルに負けたときや、本棚を何度も組み立て直した末に完成した直後、地震で簡単に倒壊したときなど。

この子のような表現力があったら、わたしも幼い頃から同じようなことを言っていただろう。多くの子と同じく、夜はいつまでも起きていたかった。

だが翌日になると、夜起きていた分以上に眠ったから、差し引き損をしていた。

だが損とも言い切れない。いつまでも寝ていたかったからだ。この子なら、「眠るのは心地いい!!!　こんなにも心地いい！　起きたらその分だけ失われてしまう！　心地よさが！」と叫んでいただろう。

いつまでも起きていたいくせに、いつまでも寝ていたいのだから、自分が何を望んでいるのか分かっていなかった（いまでは酒池肉林を希望していることが分かっている）。

成長すると、疑問が芽ばえた。時間が来たというだけの理由で寝なくてはならないのは、時間が来たからという理由で食べるのと同じく、自然の摂理に反しているのではなかろうか。

動物は時間が来たという理由で寝た結果、昼行性と夜行性に分かれたのではない。第一、時計を買う金がない。食べたいときに食べ、寝たいときに寝ているだけだ。そこには自然があるだけで、義務も叱責もない。

大学に入ったときがそうだった。叱責と義務から解放されると、早速、食べたいときに食べ、寝たいときに寝る生活を実践した。

効果が出るのは早かった。一週間後、身体が活力を取り戻し、心は高揚感にあふれた。昼夜は逆転し、自分の中で夜行性の遺伝子が躍動しているのが感じられた。

一年後には、本格的な成果が出た。心身ともに完全に不健康になった。授業も食堂も時間が合わず（パチンコや麻雀には時間が合った）、体力も知力も下降線を描き、元の生活に戻すことはできない身体になった。考えることが現実を遊離し、哲学にのめり込んだ。

午前中は人事不省、午後は意識混濁、夜中になると目がランランとする毎日が、数十年間続いた。三歳の女の子なら叫んだだろう。

「間違っている！　世間が！　わたしの調子がいいときは世間が眠っている！　リズムが合わない！」

夜行性には生きにくい世界だ。そのためか夜行性の動物はネズミ、コウモリ、ゴキブリなど、小動物の上に、嫌われ、コセコセ、コソコソ逃げ回っている。まるでわたしみたいだ。唯一の救いは百獣の王ライオンやトラも夜行性だという事実だ（たぶん何の救いにもならないが）。

いまではさらに変わった。いくら起きていてもロクなことがないことが数十年たってやっと分かった。この子ならこう叫ぶだろう。

「いくら起きていても楽しいことがない！　こんなに待っているのに！　起きていても叱責と義務ばかり！　寝てしまおうと思っても眠れない！　昼間はウトウトしているのに！　こんなに眠りたいのに！　気絶するように眠りたいのに！　睡眠薬を飲んでるのに！　眠っても心地よくない！」

「人生が楽しい！」と叫んだ子がわたしと同じ道を歩まないことを祈るばかりだ。

大人物かもしれない

昔の教え子に電話した。

「人間は経験から学んで賢くなっていく。歳を取ると経験を積んだ分、賢くなるはずだ。だが実際にわたしは賢くなっていない。なぜだろうか。最初から賢かったからとしか思えない」

「賢いならなぜしょっちゅう失敗するんですか？　会議を何度もすっぽかしたり、授業で『これまで話したことは、悪い夢でも見たと思って忘れてくれ』と言ったり、経験から何も学ばないバカの可能性が大です」

「人間、だれにも間違いはある」

「賢いなら間違えません」

「ま、それは認めておこう。問題はこうだ。経験を積んでも賢くならないのはなぜか。答えはこうだ。実はわたしが大人物への道を着実に歩んでいるからだ。ま、待ちなさい。説明するから。サプリメントの注意書きは細かすぎて読みにくいだろう？　ふつうなら何に効くのかを知ろうとして、虫メガネを使ってでも読むだろう。

だがわたしは無理に読まず、何のサプリか分からないまま飲んでいる」

「効能も知らないで飲んでいるんですか？」

「体調がすぐれないのはそのためかもしれない。それだけ細かいことは気にしなくなったんだ。換言すれば太っ腹になったのだ」

「でも太っ腹な人が律儀にサプリを飲むでしょうか」

「太っ腹でも飲み食いはする。サプリを飲んで何が悪い」

「でも太っ腹にしては、チマチマ健康にこだわりすぎていませんか？」

「サプリが健康にいいかどうかも分からないんだ」

「わけの分からない物を口に入れるなら、バカの可能性が大です」

「健康にこだわらなくなったんだ。最近、サプリをさっき飲んだかどうか記憶が定かでなくなった。飲んだかもしれないと思って飲まないこともあるが、その代わり、飲んでないかもしれないと思って飲むこともある。差し引き、問題ない」

「問題があるでしょう」

「どっちみち効果のほどははっきりしないんだ」

「身体に毒かもしれないのになぜ飲むんですか」

「自分でも分からない。いったん始めたことは貫き通すタイプかもしれない」

「愚行を改めようとしないバカの可能性が大です」

「さっきから『可能性大』『可能性大』ばかりだ。他の言い方を知らないのか」

「じゃあ言います。バカの可能性しかありません」

「も、もう一つ証拠を示そう。昔は理解できないものを放置できなかった。哲学の道に入ったのもそのためだ。コンピュータの原理を知ろうとしてオームの法則から調べたのもそのためだ。だがいまでは、理解できないものを小賢しく理解しようとする努力を軽蔑するに至った。換言すれば、問題を未解決のまま放置する度量が出てきた」

「換言すれば探究心が失われたんですよ。明らかに老化です」

「老化の一言ですませるのこそ探究心の欠如だ。わたしは『何でも解明しなきゃ』というこだわりを捨てたんだ。意馬心猿の如く好奇心に振り回されることのない明鏡止水の心境だ。換言すれば大人物になった」

「好奇心や欲がなくなったら大人物なんですか？　じゃあ、宝くじや馬券が当たらなくても平気なんですね？　大人物はギャンブルなどしないでしょうけど」

「あっ、いけない！　競馬が始まる時間だ。電話を切るよ」

　電話を切ると、横にいた妻が「大人物なんてちゃんちゃらおかしい」と冷笑した。いま気づいたが、わたしはさっきからずっと貧乏ゆすりをしている。大人物なのに、なぜ落ち着きがないのだろうか。新しいタイプの大人物かもしれない。

自分のことが分からない

自分のことがどれだけ分かっているだろうか。

外見ぐらい分かっている。大勢の中から外見によって自分を選び出すことは簡単にできるはずだ。こう思うだろう。だが、それには疑いの余地がある。

わたしは周囲から「貧相だ」と長年言われ続けたため、自分のことを、水に落ちたかわいい子ネコのような風貌だと思っていたが、最近、初対面の人から「ガッチリした体型ですね」と言われる（「ガッチリ」は「小太り」の丁寧語だ）。他を圧する堂々たる雰囲気でそう見えるのかと思って納得していた。

健康診断の体重測定でもそうだった。看護師さんから服のまま体重計に乗るよう指示され、「服の重さ五キロ引いていますからね」と言われた。だが体重計の数字を見て愕然としたわたしは質問した。

「五キロ足しているんじゃありませんか？」

「引いていますよ」

にべもない返事だ。家に帰って後悔した。「五キロ引いて、その後で十キロ足してませんか？」と質問すればよかった。

体型だけではない。自分を写した写真を見てがっかりしない人がいるだろうか。わたしは写真を見ると「これは別人だ。これが自分の顔なら、悪い方に加工したに違いない」と思う。その上、人から「お前は写真写りがいい」と言われたら、ダメージは大きい。写真に写るたびに魂を吸い取られていくように自信を失う。

自分の顔ぐらい、毎日、鏡を見ているではないかと言われるだろう。たしかに鏡を見て「鏡に映っているのは別人だ」と思ったことはない。では毎日何を見ているのかと言われれば答えに窮するが、たぶん鏡を見ているのだろう。

「鏡を見て顔を見ず」などありえないと思うかもしれないが、視野に入れれば見たことになると思ったら大間違いだ。やましいところを妻につかれて、「わたしの目を見なさい」と命じられた夫は妻の顔に視線を向けても、直視などできない。逆に妻は、夫を監視し（心の中まで透視しているのかと思うこともある）、軽視し、敵視し、蔑視しても、夫を正視しているとは限らない。むしろ無視していることが多い。

おそらく実際のルックスは、自分が思っているよりも三割悪く、他人の目にはさらにその四割悪く見えているに違いない。

外見だけではない。自分の声を録音して聞くと、卑しい別人の声にしか聞こえない。自分の吐く息がクサいかどうかも自分では分からない。自分の内臓や血液の状態は医者しか知らない。重大な病気はたいてい自覚できない。

自分の精神面になると、さらに分からなくなる。他人の欠点は手にとるように分かるのに、自分の欠点は分かりにくいのだ。

たとえばプロ野球の選手がミスをすると、「何であんなボールが捕れないんだ。野球でメシを食える期間は短いんだ。血ヘドを吐くぐらい練習しろ。練習しないからブクブク太るんだ」と口を極めて罵倒する。だが、罵倒している本人が、仕事をサボって上司から怒鳴られ、妻から説教され、運動不足でブクブク太り続けているのを忘れている。

同様に、卑怯なふるまいをニュースなどで見ると、「勇気のかけらもない！　絶対に許せないやつだ」と義憤にかられる人間は、同じ状況に投げ込まれたら、十中八九、卑怯なふるまいしかしない。

逆に、大きい危険を冒して人命を救助したニュースを見ると、「よくやった！　それでこそ人間だ」と賞賛しても、自分は人間以下の行動しかできないのを棚に上げている。

わたしも自分はケチな小者だと思い込んでいるが、誤っているかもしれない。

食べられる物・食べられない物

最初にナマコを食べた人はエラいと言われるが、わたしは常々、最初に牛を食べた人の方がエラいと思っている。牛を見ると、どちらかというとこっちが食べられそうな気がする。

最近でも、昆虫食に挑戦している人がいる。食の先覚者と呼ぶべき人たちだ。そのためか公園に「食用にセミを捕らないでください」という看板が立てられたという。世界的な食糧危機に見舞われた場合、昆虫食は人類を救う切り札になるとも言われているから、やがては、ゴキブリを見かけたら争って食べるようになるかもしれない。

さいわい、昆虫はタンパク質が豊富で、おいしいという。そんなにおいしいのなら、昆虫は彼らに譲って、わたしは牛肉やマグロで我慢するつもりだ。

昆虫のように、人間と共通点が少ないと食べにくいが、牛やブタや魚のように親近感を抱きやすいものは食べやすい。だが親近感がありすぎても食べられない。ネコや犬を食べられないのはそのためだ。問題は、牛、ブタ、魚を、ネコや犬並に可愛いと思えることだ。

実際、動物愛護の観点から肉や魚を食べないベジタリアンや、卵、蜂蜜、牛乳、ゼラチンも摂取しないビーガンと呼ばれる人もいる。

この人たちの気持ちはよく分かる。動物はそれぞれの世界で誠実に生きている。人間は動物から牛乳や卵を盗むだけでなく、効率的に牛乳や卵を盗めるように「品種改良」しているのだ。

動物は、いくらおいしくても食べられるために生まれてきたわけではない。ましておいしく食べられるために生まれたわけではない。

中には、魚を隅々まできれいに食べると、食べられた魚も喜んでいると言う人がいるが、魚にしてみれば、喜べるかっ！

一口食べてペッと吐き出されて捨てられる方が、次から食べようとしなくなる分、まだマシだ。

申し訳程度に供養したり、感謝の気持ちをもって食べれば、食べられた動物も浮かばれると言う人もいるが、浮かばれるかっ！

われわれはそれだけ罪深いことをしているのだ。だから動物を食べることに罪悪感を抱くのは当然だ。だが他方で、罪悪感を抱きながら不倫をする人もいるように、罪悪感を抱きながら動物を食べる人がいても不思議ではない。どちらかというと、罪悪感を抱きながら不倫をしたり動物を食べる気持ちの方がよく分かる。わたしは、肉や魚を拒否するのはベジタリアンに譲り、彼らの分を、罪悪感を抱きながら食べたいと思う。

これまで人類は、さまざまな障害を乗り越えてきた。魚、エビ、カニなどは、固いウロコなどで覆って食べられるのを防ぐように進化したが、人類はそれを除去して食べるように進化した（クマはサケをウロコごと食べているようだが、ウロコは気にならないのだろうか）。また、フグなどは毒をもつように進化したが、人類は毒を除去して食べるように進化した。

それだけではない。人類は調理を発見した。調理というものがなければ、米や麦や固くなった餅は食べられなかっただろう。人類は調理を覚えたからこそ、食に困らなくなったのだ。

今後、新しい調理法が開発されたら、食べ物ではない物（松の木、岩石、ペンチ、納豆、ミョウガなど）が食べられるようになるかもしれない。

人間に生まれてよかった。魚に生まれていたら、一生ミミズやゴカイを食べなくてはならなかった。パンダに生まれていたら笹、コアラならユーカリの葉しか食べられなかった。ある種の細菌に生まれたら石油しか食べられず、虫歯菌に生まれようものなら一生おっさんの口の中で暮らさなくてはならないところだった。

主人公の見分け方

子どものころから、いくつ夢を捨ててきただろうか。電車の運転士、演歌歌手、社長など百は下らない。わずかに残っている夢は、やさしい天使のような女の夫、絶世の美女の愛人、など十個程度しかない。

ミステリ作家になることもその中の一つだ。ミステリが好きだからだ。加えて、売れっ子のミステリ作家はみんな金持ちだ。お金がほしいわけではないが、作品がドラマ化されれば巨額の収入が得られる。金は問題ではない。問題ではないが、それがさらに映画化され、その上、ハリウッドでリメイクされれば、巨万の富が得られる。そんなことはどうでもいい。どうでもいいが、死ぬまでに一度は、ラーメンの「全部のせ」を躊躇なく注文できるほどの大富豪になりたいという願望がかなうのも事実である。

ミステリ作家は三十年来の夢だ。腹案はある。「売れるミステリ」を書くというのがわたしの案だ。

読者は主人公になりきって読むから、売れるためには主人公の設定が重要だ。設定次第で、中年男の読者が少女の主人公になりきったり、気温五十度の砂漠の民が、極寒の地で凍死寸前の主人公になりきって暖房をほしがるほどになる。以下は、売れるミステリの主人公の条件だ。

①登場時間が長い。『桃太郎』を読めば、だれでも桃太郎になりきって読むはずだ。桃太郎のように、誕生から描かれ、全編にわたって登場するなら、まず主人公だ。登場後、すぐ殺されたり、いつの間にかいなくなる人物は主人公ではない。

　理屈上は、主人公が存在しないこともありうる。ワトソン風の男が電話かメールでシャーロック・ホームズ的人物の指示を仰いで事件を解決するミステリなら、指示を与えるホームズ的人物が主人公だと思うだろうが、実は、ホームズ的人物は存在せず、ワトソン役の人物がでっち上げていたという物語もありうる。ミステリに意外性は必須だが、このような意外性では、探偵が実は総入れ歯だったという意外性と同様、物語は面白くならず、「売れる意外性」とは言えない。売れるミステリでは、こんな設定はないと判断してよい。

②魅力的な人物。登場時間が最も長い警部を主人公と定めて読み進めていくと、その警部が、自分をフッた女の不幸を何年も祈り続け、権威に弱いくせに弱者にはいばり散らし、部下を食事に誘っても一円単位で割り勘にした上、自分のクレジットカードで支払いしてポイントを稼ごうとする男だったら、いくら活躍しても、売れ

るはずがない。売れるミステリならこんな人物を主人公にはしない。

また、外見は魅力的な敏腕警部なのに、シリーズの五冊目で、警部が家で推理を披露すると夫人が「バッカじゃないの」と嘲笑し、誤りを指摘する実態が明らかにされたら、読者は幻滅するだけだ。これも売れる意外性ではない。
③痛めつけられる。主人公は強敵に痛めつけられながら、奮起して敵を倒す必要がある。だから登場人物が痛めつけられたら、たぶんそれが主人公だ。逆に主人公が一方的に敵を痛めつけるだけとか、主人公が痛めつけられるだけで終わるなら売れるはずがない。だから、痛めつけられる人物は主人公だと判断してよい。
この三条件に照らすと、わたしは①生まれてこのかた一度もこの世から退場したことがなく、②魅力的な紳士（だれでも自分自身は魅力的だ）、③周囲に痛めつけられ、かつ反論している（聞こえないように小声で）。だから主人公の三条件を満たしている。

だが、妻によると、わたしは①影が薄くて、登場しているのか退場しているのか不明瞭、②軽率で品がない、③痛い目にあっても逆襲する気概がないから、最初に殺される典型だという。主人公タイプとの差が大きすぎるから、憧れの主人公に自分を投影するためにミステリを読むのだと諭された。

権威のある人・ない人

世の中には権威と呼ばれる人がいる。脳外科の権威、釣りの権威、和食の権威などだ。中でも学者は専門領域での権威とされている。だが、権威とされる専門分野は、一般に思われているよりもはるかに狭い。

心理学者が家族の心理を理解できずに離婚し、教育学者が自分の子どもの教育に失敗する。複数のノーベル経済学賞受賞者が経営参加したヘッジファンドが倒産する。議論に明け暮れている哲学者も、知りうるかぎり、例外なく奥さんに論破されている。

イギリスの衣料品店で目撃したが、世界的に高名な論理学者が、衣料品店でセーターの交換を求め、論理を尽くして説明しても、女店員を説得できなかった。

専門分野の中でさえ、とくに文系の場合、立場の違いから論争が起こるのが普通である。そしてその論争に決着がつくことはまずない。だからその分野の専門家から文句なく権威と認められる人はきわめて少ない。実際、哲学の分野でわたしが権威と認める人は人類の歴史の中でわたしを入れても数人だけだ。

自分の家では金の使い方も決めさせてもらえない経済学者が、国の経済政策に助言できるのか疑問だし、わが子の教育方針も決めさせてもらえない教育学者が国の教育を決めていいのか疑問である。もっと問題なのは、得意分野以外の意見（たとえば政治的意見）まで権威が認められる傾向だ。

どんな権威も専門分野を離れれば、ただの素人だ。一度も料理をしたことのないパチンコの名人においしい炒飯の作り方を教えてもらうだろうか。運動音痴の数学者に短距離走のアドバイスを求めるだろうか。

いずれも筋違いだ。にもかかわらず、マスメディアでは、ノーベル賞受賞者に政治や教育など専門外のことについてコメントを求めている。

専門外の発言をするときは、素人としての発言なのだから、肩書きをはずすべきだ。肩書きは権威づけのために使われるからだ。わたしが「名誉教授、哲学者、各種ポイントカード会員」などと肩書きをつけるのも、ハクをつけて少しでも文章に重みをもたせようとする姑息な考えからなのだ。

むしろ経済学者の肩書きに「元健康優良児、小学生のとき皆勤賞を受賞、読書感想文コンクール玉野市予選五位入賞」といった専門とは無関係のことを加えると、かえって信用を落とすだけだ。

正直に言うと、わたしは何の権威でもない。権威があれば文句なく信用されるはずだが、どんな問題でも、何か主張すると、相手にされないか、最後まで聞かずに却下されるから、権威と認められているとは思えない。

だがわたしはよく間違える男だ。自分では権威はないと思っても、長所は自分では分からないものだ。妻に聞くとこう言った。

「何を血迷ってるのよ。権威なんかあるわけないでしょ。食べ物をこぼしたり、隠し事をしたり、目に余ることならいっぱいある」

はかばかしくない答えだ。

昔の教え子なら、わたしの授業を受けている。教え子に電話で聞いた。

「わたしは何の権威もないと思っている。だがそうだろうか。何かの権威だという気がしてならない」

「権威って、疑う気が起こらないほど信頼できる人でしょう？　先生は疑わしいの一言です。オドオドしているし、落ち着きがないし、見るからに権威じゃありません。万引きしている中学生みたいです。一目で何の権威もないと分かる人は珍しいと思います」

「で、でも君はわたしの授業を受けたはずだ」

「授業を聞いたから、先生が見かけ通り何の権威でもないことが分かったんです」

授業中寝ていたくせに、ニベもツヤもない答えだ。

聞いた相手が悪かった。結局、権威があるかないか分からずじまいだった。

キレる人の三つの誤解

わたしの家では数十年前からそうだが、最近の世の中でもキレる人が目立つ。教師がカッとなって生徒に体罰を加えて大怪我をさせる。親がいたいけな子どもを虐待する。電車で泣いている赤ん坊に腹を立てて、泣き声以上の音量で怒鳴る。コンビニでレジ袋が有料だと言われて店員を怒鳴りつける。ブレーキをかけただけで腹を立て、あおり運転をする。財布から一万円抜かれただけで激怒するなど。

思い通りにならないときはキレればいいと考えている者たちに言いたい。自分を何様だと思っているのか。お前はわたしの妻か？　キレている裏で泣いている人間のことを考えたことがあるのか。

妻も、財布から金を抜かれたら怒りたいだろう。だがわたしに対してキレる必然性はない。空き巣の仕業かもしれないし、神隠しかもしれない。自分の財布から一万円抜かれたら、黙って相手の財布から二万円抜き返せば、キレなくても、まるく収まるはずだ（わたしが実践している方法だ）。十分な小遣いを渡せばもっとまるく収まる。

すぐキレる連中は自分のことを三重に誤解している。

【Ⅰ】「一時的に理性が働かなくなってキレた」。そう思っているかもしれないが、実際には、危険がないと理性的に判断してからキレている。相手が自分より弱いか、おとなしいと判断し、安全だと見きわめてから、キレているのだ。

わたしの妻もそうだ。気に入らないことをする相手には激しくキレるが、同じことをしても、イケメンの男には猫なで声で感じのいい女を演じている。

キレる連中は計算してキレるのだ。そうじゃないと言うなら、暴力団や金正恩に向かってキレてみろ。医者から「今度キレたら、脳の血管が切れますよ」と言われた直後にキレてみろ。

そもそも相手がどんな人間か正しく判断できているのか。おとなしく見えても、武術の達人かもしれず、マフィアの子どもかもしれず、十倍返しするような女を妻にもっているかもしれない。安全にキレたいなら、相手の身辺調査をしてからの方がよい。

【Ⅱ】「我慢の能力がないからキレる」と思っているかもしれないが、本当に我慢の能力がないのか？　我慢できないにしては、自分の結婚相手が容姿も性格も悪いことに我慢しているではないか。自分より金持ちがおり、自分よりイケメンな男や、頭がいい男、体格のいい男、腕力がある男、自分より健康な男、自分よりモテまくっている男がいるが、それにキレもせず、おとなしく指をくわえてじっと我慢しているではないか。

世の中、どこを見ても思い通りにいかないことだらけだ。おいしい物を食べるとぜい肉がつき、ぜい肉はいったんついたら二度と取れず、無理に運動すると膝を痛め、ぜい肉に膝の痛みが加わるだけの結果になる。そういった事実にキレもせず、我慢しているではないか。これだけ我慢しているのだから、キレるのを「我慢する能力がない」せいにするのはゴマカシだ。

【Ⅲ】「自分は正義の味方だ。相手の不正を正している」。キレる人にはこういう意識がある。そうでなければ居丈高になれるはずがない。だが「何が正義か」は、疑う余地が東京ドーム百個分はある。とことん疑わないと自分が正義かどうかは分からない。「もしかしたら自分は水戸黄門に成敗される側ではないか。悪代官一味の一番下っ端で、最初に斬られるべき小悪人ではないか」と疑わなくてはならない。

徹底的に疑って疑って、どうしても疑えないところまでつきつめれば、「われ思う、ゆえにわれあり」に至り、哲学するまでになる。そのころにはキレるより、妻にキレられる人間になっているはずだ。

影の薄い男

申し訳ないことをしてしまった。どう謝ればいいのだろうか。

セルフサービスの喫茶店でコーヒーを飲みながら人生を見つめ直し、店を出るときだった。出入口のわきの台にエタノール消毒用スプレーが置いてある。引き金とノズルがついている。

スプレーを台に置いたまま引き金に親指をかけて押したが、エタノールは出てこない。中身がなくなっているのかと思い、さらに三回プッシュしたが、それでも出てこない。やはり中身が切れている。

そう思ったとき、天啓のようにひらめいた。ニュートンが万有引力を発見したのに劣るともまさらないひらめきだった。エタノールの噴出口は逆ではないか?

これで解決した。逆方向からエタノールが出ていたのだ。逆方向に手をかざしてプッシュすると、勢いよくエタノールが噴出し、一度のプッシュで手が濡れるほど量はたっぷり出た。

そのとき、さらに恐ろしい可能性がひらめいた。それまで何度もプッシュしたとき出たエタノールは一体どこに行ったのだろうか。エタノールを置いてある台の隣にテーブルと一脚の椅子が置いてあり、その椅子には客が一人座っている。歳のころは二十代から四十代、名前不詳、職業不詳、年収不詳、住所不詳、前科不詳の男だ。エタノールの噴出口から四十センチほどしか離れていない。その男を直撃していたのだ。

男は、わたしを恨みがましい目で見ており、両手はコーヒーカップを覆っている。被害にあったことに気づいており、犯人はわたしだと思っているのが手に取るように分かる。

一人用の座席は店内にはそこ一つしかない。柱が出っ張っているため、向いに椅子を置けないのだ。押しの強い客はこういう座席に座らない（その席に女が座っているのを見たことがない）。その座席に座る客のタイプは決まっている。他人と一緒になると被害しか受けないため、一人になってやっと落ち着くわたしのようなタイプだ。

不幸というものは決まって、一人用座席に目立たないようにひっそり座る影の薄い男にふりかかるものだ。わたしもそういう人間だからよく分かる。

たとえばウエイトレスがいる喫茶店なら、いつまでも注文を取りに来ない。注文を取りに来なくても、店員を呼ぶようなことはせず、二十分間ほどいまかいまかと待った後、苦情ひとつ言わず、黙って静かに店を出るのだ。その間、四、五人いるウエイトレスを含め、だれも気づかない。

過去、こういう男をわたしを含め、数人ほど見たことがある。逆に考えると、二十分間だれにも気づかれずにいることは簡単ではない。気配を消す能力が発達していると言ってもよい。

たまに店員が気づいたとしても、「コーヒー」と注文するとカレーライスをもってきたりする（それを突き返すこともできない）。

そういう影の薄い男にわたしはエタノールを計四度も噴射したのだ。ふつうなら激怒して怒鳴ってもおかしくないのに、無言で耐えている。わたしのただならぬ気品に圧倒されたのかもしれないが、気の毒としか言いようがない。

突然のことに男も動揺しただろうが、わたしも動揺した。奇妙としか言いようがないが、なぜかわたしはとっさに謝ることができず、何も気づかなかったふりをして店を出た。

わたしは人一倍良心の強い男だ。反省した。謝るべきだった。タイミングは逸したが、今度顔を合わせたときに謝ろう。こう思って何度も喫茶店に行ったが、その男に会えない。男がその店に懲りて行かなくなったのか、前よりさらに気配を消しているかだろう。

気取った男

自分で言うのも何だが、わたしは謝ることにかけては人後に落ちない自信がある。家では、いつでもどこでも何度でも謝ることができる。だが家を出ると、とたんに謝れなくなる。

いまだに謝ってない案件が、思い出せるだけで三十六件、忘れているものが九十八件、思い出したくないものが五十二件ある。

四十年たっても鮮明に覚えているのは、中華定食の店での出来事だ。カウンター席に座って、レバニラ定食と餃子を食べていたときだった。隣では若い男が食べている。頭にはたっぷりの整髪料、おろし立ての純白のズボンにぴかぴかに磨いた靴、という気取った男だ。

わたしがレバニラに箸を伸ばしたとき、餃子のタレを入れた小皿に手が触れてタレがこぼれ、自然法則に従ってカウンターからしたたり落ちた。わたしはとっさに足を引っ込めたが、男は足を引っ込めず、ズボンの裾に点々とタレがかかった。運動神経が鈍くて足を引っ込めるのが遅れたのか、タレに気づかなかったのか、その両方なのか、いずれにしても鈍い男だ。

餃子のタレがこれほど目立つ液体だとは夢にも思わなかった。純白のズボンに点々とついたタレはくっきり浮かび上がっている。

謝るという選択肢は思いつかなかった。男は機嫌よく食べており、食堂は平和だ。わたしは平和とレバニラ定食を愛する男だ。何も考えず、おいしく食べたい。おいしく食べたい気持ちは隣の男も同じだろう。寝た子を起こしてはならない。うまくすれば、男は汚れに気づかないまま機嫌よく一生を終えるかもしれない。

それに、こういう気取った男は、下手に出て謝れば、居丈高に怒鳴るに決まっている。クリーニング代を請求する可能性もある（クリーニングで取れる汚れかどうか疑問だが）。争うと面倒なことになる。わたしは面倒と納豆を嫌う男だ。

見るからに器の小さそうな男だから、汚れに気づけば大騒ぎするだろう。だが汚れといっても、新聞紙で覆えば目立たない。心配ならタンスにしまえば汚れは完全に隠せる。それでも気になるなら焼却すればいい。

現にいま、ズボンはカウンターの下に隠れ、ズボンをはいているかどうかさえ分からない。まして汚れたズボンをはいているかどうかが分かるはずがない。大騒ぎしなくても、今後ズボンをカウンターの下に隠して生きていけば問題ない。

そもそも汚れとは、純粋な物に混じり込んだ夾雑物だ。何が夾雑物であるかは、文脈によって変化する。わたしが描いた絵の上に幼児が描いた落書きは汚れだが、わたしの絵が他人の家の壁に描いた絵なら、わたしの絵が汚れになる。わたしの絵の上に落書きしたのが幼少期のピカソの場合でも、わたしの絵が汚れになる。

隣の男に言いたい。前向きに考えることだ。有名人にわざわざマジックでTシャツにサインしてもらうではないか。将来、ノーベル哲学賞が新設され、わたしが受賞したら、このズボンにも価値が出る。

さらに「純白のズボンにギョーザのタレ」を、前衛美術館に陳列してある便器や、壁にバナナをガムテープで留めた「作品」の隣に展示すれば、注目を浴び、すぐに撤去されるだろう。高値がつく可能性も否定できない。二千円とか。

考えれば考えるほど、謝る気持ちはなくなった。心を決めた。男が騒いだら、日本語が分からない外国人のふりをしよう。男が暴力に訴えてきたら、一目散に逃げよう。小皿に残っている餃子のタレを全部男のズボンにかけて。

代金をポケットにそろえて（食い逃げは避けたい）、急いで食べ、店を出た。謝罪はしなかったが、当分その店には行けなかった。

歳を取ってからの紛失法

見つからない。家中探しているがマスクと床掃除用フローリングワイパーが一昨日来、見つからない。

紛失したマスクは高機能マスクだ。色々な物質を九十九パーセント遮断する高機能マスクなのに安い。商品というものは、安くていいのが理想だが、品質に問題があっても、少なくとも安いという条件は満たしている。マスクの品質が生死を分ける可能性もあるが、金の切れ目が生死を分けることもある。そう思って購入したものだ。

もう一つの紛失物、床掃除用のフローリングワイパーがないことに気づくのには三週間を要した（それほどゴミがないのだ）。紛失したことに一生気づかなければ、幸福な余生を送っていたところだ。

この二つを探し出すのがライフワークになることを覚悟した。だが三分後、「掃除用具を見つけるのが先か、死ぬのが先か」という人生はイヤだとの思いが募った。これ以上長びいて、見つからない物が五個以上になると、見つからない物を覚えていられなくなる。最後の手段を使うしかない。

人生の大半を探し物に費やして発見した法則がある。「探し物を見つける最速の方法は、買い直すことだ」である。探すのをやめて買い直したとたん、なくなったものが不思議に、出てくるのだ。これは、電気製品が故障して業者に来てもらうと正常に動くのと同じ現象だ。

この法則が成り立つのは当然だ。世の中は不都合なことが起きるようにできているからだ。この法則に基づいてマスクと掃除用具を買い直した結果、マスクは出てきたが、掃除用具はまだ出てこない（どんな法則にも例外がある。この法則の場合、例外は十回中七回程度だ）。

物がなくなると通常、四つの段階を経由する。

①物がなくなる。なくなったことに気づくまでは、持ち物が全部なくなって丸裸になっても問題はない。

②なくなったことに気づく。この瞬間から不幸が始まる。不要な物なら問題ないが、なくなったことに気づくのは必要な物ばかりだ。

③通常、いくら探しても見つからない。五分以内に見つかるなら「探した」とは言えないし、五分以上見つからない場合は長期戦になるからだ。探す時間は無駄な時間である。何日も探すようなら、その分人生が不幸になる。

④手を尽くしても見つからず、探すのを諦めて買い直したとたんに見つかる（ただし、結果的に二重にもつことになった物は、なぜか、二度となくならない）。

歳を取るとこれらの段階が複雑化する。

①探した場所を忘れるため、同じ所を何度も探したり、探していない場所を探したと思い込む。結果として見つかりにくくなる。

②紛失したのかどうかが定かでなくなる。たとえば百万円の札束をどこに置いたか忘れ、必死で探す。お金だから見つかりにくい所に隠したはずだ。思いつくところを全部探しても、見つからない。ここで問題に気づく。本当になくしたのか、それとも最初からもっていなかったのか。この問題に決着がつかなくても探索はやめられない。やめるには金額が大きすぎる。

このように、歳を取ると、見つかりにくくなる上に、紛失していない物や紛失したのかどうか不明の物を探すようになる。

その結果、かけているメガネを探し、かぶっている帽子を探し、はいているはずのパンツが見当たらなくなり、一時間前に食べたプリンを探しまわり、最終的には、自分の家がどこか分からなくなる。

危険な誕生日

最近の誕生日はいいことがない。補聴器特別セールや認知症検査の案内をもらう程度だ。今年はマイナンバーカードの電子証明書の更新手続きの通知も届いた。

本人が行かなくてはならないと書いてある。なぜ本人なのか。たいていのことは、わたしでない方がうまくいくのだ。

だがよく読むと、代理人でもいいと書いてある。心配は不要だった。本人でなくてもいいのだ。安堵して二秒後に思い出した。代わりに行ってくれる人がいない。本人より他人が行く方がマシだという人にかぎって、代理をしてくれる人がいないのだ。

しかもオンライン手続きはできないと書いてある。たぶん写真と本人を照合して、写真と本人のどちらかが間違っていないか確認するのだろう。

だがマイナンバーカードを取得したのは、区役所に行かなくてもすむからだ。更新のために区役所に行かなくてはならないのなら、マイナンバーカードを取得した意味がない。

しかもいまは新型コロナの感染が拡大している最中だ。老人が感染すれば命取りだ。区役所に行くのは命がけだ。そう思ったが、どんなに不合理なことでも、命令通りにしないとヒドい目にあうことが身体にしみついている。

区役所はかなり混んでいた。総合受付で氏名と住所を書かされる。待つだけのために氏名と住所が必要なのか？　それとも感染者が出たときに連絡するために書かされるのか？　もしそうなら、そんな危険な所に呼びつけるな。どっちにしても腹立たしい。だがわたしはおとなしく指示に従った。苦情を言うと「こいつは面倒くさい老人だ」と見抜かれてしまう。

それからひたすら待った。待つのは嫌いだ。何かいいことがあるなら待ってもいいが、ラーメン店の行列に並ぶのもイヤだ。並んで待つぐらいなら、ラーメンを食べるお金で高級フランス料理を食べたい。

待ちくたびれたころ呼ばれた。窓口では顔も確認せず、パスワードを入力しただけで終わった。顔と写真を照合しないのなら、わたしの代わりにブラッド・ピットに来させてもよかった。あるいはパスワードを入力できる犬でもよかった。

何より、それだけのことなら、自宅で入力してもよかったはずだ。なぜ窓口まで足を運ばなくてはいけないのか。係員にそう聞くと、「国に言われているから仕方がないんです」と言う。それを聞いて、温厚なわたしの中で、たまった怒りが爆発した。

「『国に言われている』と言われて納得できるか！　掃除をサボったことを妻に責められたとき『国に言われているんだ』と言い訳したらどうなるか分かっているのか。だいたい人の命を何だと思ってるんだ。こっちは命がけではるばるやって来たんだ。更新が何のためなのか知らないが、命をかける価値がなかったら承知しないぞ。それに、待った時間をどうしてくれる。老人の一時間はあんたら中年の五時間に相当するんだ。待っている間にコンビニでバイトしたら二千円にはなる。雇ってくれないが。思えば過去色々な所で待たされてきた。待った時間を有効に使っていたら、偉業をなし遂げることだってできた。わたしが偉人じゃないのは待たされたせいだ。忍耐力は鍛えられたかって？　忍耐力ばかり鍛えてどうする。わたしの人生は忍耐の連続なんだ。死んだら弔辞で『この人の生涯は忍耐の一生でした』と偲ばれるに違いないんだ。あんたに怒っても仕方ないから今日はこれぐらいで許しておくが、次は暴れるからな」

こう言い放ったつもりで憤然と席を立った。危険な誕生日だった。

超ラクなダイエット法

教え子に電話した。

「電話をしたのは他でもない。コロナ関連のニュースに映った食堂に『会話は控えめに』と張り紙がしてあった。それを見て『食事も控えめにした方がいい人もいる』と思ってね。それで君のことを思い出した」

「電話切りますよ」

「待ってくれ。ダイエットはどうなってるのか心配なんだ」

「いまでは料理を見ただけでカロリーが分かります」

「カロリーを算出してから食べるんだろう？　その方法では何十年続けても効果はないよ。それどころか、今日は何千キロカロリーオーバーしてしまった、という罪悪感で、毒くらわば皿までとなるから逆効果だ」

「工夫もしています。ラーメンの次に焼き肉を食べるのがいいか、その逆の順番がいいのかとか」

「方向が間違っている気がする。太りたいの？」

「逆です。悩んでます」

「断言するが、悩んでいる間はダイエットは失敗する。食事を我慢するよりも、悩む方がよっぽどラクなんだ。しかも悩むとかカロリー計算とか、ダイエット関連のことをすると、ダイエットした気になって食べてしまう」

「罪悪感がなくなる分、効果はあるでしょう」

「あっても逆効果だ」

「先生もダイエットをなさっていましたよね？」

「最近、探し物と待つことに忙しくてね。先日も区役所でさんざん待たされた。待つのがダイエットになればいいと願っている」

「ダイエットにはなりませんよ。でも待ちぼうけにならなくて何よりでした」

「区役所で待ちぼうけを食らわされたら暴れていた」

「そうでしょう？　教室で先生の授業が始まるのを待って、休講だと知らされて待ちぼうけを食ったときの悔しさ、分かります？　何度も味わいました」

「えっ、そうなの？　休講になったら大喜びだろうと思っていたんだ。まさかアイドルのコンサートが中止になったのと同じ気持ちだったとは知らなかった」

「違います！　税金を払いに行って待った挙げ句、窓口を閉められるのと同じです。歯医者で待たされた挙げ句、歯を抜くのは来週だと言われたのと同じです」

「ま、そういう過去はお互い忘れようじゃないか」

『お互い』ってわたしが何かしましたか？」

「何百となくあるよ。一週間くれたら一つ二つ思い出せる自信がある。そんなことより前向きに考えようじゃないか。肥満の原因の一つは、科学が無力だからだ」

「どうしてですか？　太るメカニズムやカロリーを発見したのは科学です」

「それがダイエットにつながらないことは君が日々実証しているだろう？」

「実行するしないは人間の意志の問題です」

「それが問題なんだ。人間の意志ほど当てにならないものはない。肉の焼ける匂いを嗅いだだけでダイエットの意志は吹っ飛ぶんだ。意志に頼るのは、マッチ棒の基礎の上に家を建てるようなものだ。細長い線香を杖にするようなものだ」

「先生に教わるようなものです。科学に何を期待してるんですか？」

「簡単だ。一粒飲めば体重が一キロ減る薬を開発してもらいたい。これなら薬を飲む意志さえあればいい。そう思わないか？」

「そんな薬があったら、好きなだけ食べては薬を飲み、食べては薬……夢です」

「その薬を飲むと体重は一キロ減るけど寿命が一日減るとしたらどうだ？」

「う〜ん……一週間考えさせて下さい」

　フビンだが、この教え子にダイエットは無理だ。

老人よ大志を抱け

大志を抱くのは少年に限ったことではない。老人が大志を抱いて何が悪い。「大志を抱くには遅すぎる」と思う人もいるだろうが、大志を抱くのに年齢は関係がない。第一に、若くても大志は貫けない。現にわたしは若いころから大志を抱いては挫折してきた。第二に、歳を取ったいま、若いころより多少は成長しているはずだ。その分、挫折の危険は少ない。第三に、成熟度に関係なく、わたしは意志薄弱だ。いくら歳を取ってもどうせすぐに挫折するに決まっている。

こう考えて心の中でタンカを切った。寿命が来るのが怖くて大志を抱けるか、と。

わたしは勇気をふるい起こすとき、心の中でタンカを切っている。「太るのが怖くてカツカレーが食えるか」とタンカを切り、そのたびに太ってきた。同様のタンカを数えきれないほど切って勇敢な行動に踏み切ったが、ことごとく後悔する結果に終わった。

それを思い出し、タンカは撤回した。静かに大志を抱く。「本を整理しよう」と。

わたしにとって最大級の大志だ。一年前に引っ越ししてから、蔵書の半分が段ボールに入ったままになっている。

早速、整理に着手した。三十分後、重大な問題が判明した。本を収める本箱が足りない。本箱を増すスペースもない。これで本が収まったら、オチョコに酒を一升入れられるはずだ。

本を処分するしかない。問題はどの本を処分するかだ。以前、「ときめく」かどうかで処分する本を判定したことがある。一冊ずつ手に取ると、どの本もときめいたため、一冊も捨てられないと思ったら、ときめきではなく、動悸だった。

本の選別は年内には無理だ。当面、本のことは棚に上げよう（これが本棚に収めることだったら、どんなにラクだったことか）。

本以外にも書類と文房具の整理が必要だ。

書類はすぐにあきらめた。整理するには書類をいちいち読まなくてはならないが、そんな無駄なことができるのは若いうちだけだ。捨てるしかないが、生死を分ける重要書類があるかもしれないから捨てられない。

文房具の整理を阻んだのは理論だった。不要な文房具を見つけるには、「使い切るのに何年かかるかを考えろ」と言われている。使い切るには二百年はかかるが、それまで死ななければ問題ない。だが、その間にボールペンのインクは乾き、消しゴムは硬くなり、万年筆は錆び、その上、紛失の可能性があり、ボールペンを一日に二本紛失すれば、半年後にはなくなってしまう。だから絶えず補充する必要がある。

こうなると整理どころか、文房具を増やさなくてはならないという結論になる。これを理論的に解決しないと整理は不可能だ。

こうして、抱いた大志は一時間で挫折した（やはり年齢には無関係だった）。思えば、わたしが抱いた大志は大小を問わず、ことごとく失敗に終わった。そうあきらめたとき突破口が見つかった。なぜ片づけなくてはならないのかという根本的疑問がわいたのだ。

必要な物が見つかれば整理はいらない。それなら十分な記憶力があればいい。どんな散らかし放題の部屋でも「痩せたら着ようと思っている茶色のシャツは東隅から北に二メートル三十六センチ、西に一メートル五センチの位置の上から十三着目にある」と覚えていられれば整理は不要だ。

記憶力の代わりに金があってもいい。蔵書を増やして図書館を作り、司書を雇えばいい。

では、整理できず、必要な記憶力も金もないわたしはどうすればいいのか。

残る道は一つしかない。それを新たな大志にすることにした。

探し物に耐える心を一生かけて養おう。

幸福は除外に宿る

日本の若者の自己肯定感は世界最低レベルだという。

これは必ずしも悪いことではない。自分勝手な人間が「自分はこれでいいんだ」と自信をもったら（自分勝手な連中がこういう自信をもちやすい）、周囲はたまったものではない。

どんな人間も不完全だ。だから「これでいい」と自信をもてるはずがない。

若者が「これでいい」と自分を肯定したら、まず自信過剰だと思って間違いない。歳をとって「自分はこれでいい」と自分を肯定したら、成長していないと思って間違いない。わたしの妻がこれ以上自信をもったら、わたしの寿命は大きく縮むと思って間違いない。

わたし自身は自信過剰ではない。それどころか、万事に自信がない。それでも自分を否定することはない。わざわざ自分で否定しなくても、ことあるごとにまわりから否定されている。

冷静に見れば、わたしは多くの点で不健康だが、それを除けば健康そのものだ。

さまざまな衰えも目立つが、それを除けば若者と変わらない。

性格的には、嘘をついたり、仕事をサボろうとするが、それを除けば至って誠実で勤勉だ。

わたしの妻は、他人からの評価を除けば、絶世の美女である（と本人が主張している）だけでなく、起きているときを除けば温和でやさしい。その上、粗暴だから三拍子そろっている。わたしにはもったいなくて日夜苦しんでいるほどだ。

このように、「除けば」を駆使すれば、自信過剰に陥らず、自分を否定しなくてもすむ。

だが、こういう表現はインチキだと思う人もいるだろう。「背が低いのを除けば長身だ」「今日は雨が降っているのを除けば晴れている」などの例を見れば、明らかにインチキだ。

たしかにその通り、インチキだが、それを除けば何ら問題ない。

それだけではない。泥水は泥を除けば浄水だし、水は水素を除けば酸素だ。それを指摘してどこがインチキになるのか。わたしから病気の部分を除けば、残っているのは健康の部分だ。健康な部分があるという証拠に、爪も髪もヒゲもちゃんと伸びるし、風呂に入らないと身体や頭がかゆくなる。フケ、アカ、爪、髪、内臓脂肪などを生産する機能は、健康に働いている。

わたしには不健康な部分も健康な部分もある。その事実をありのままに述べているのだ。インチキ呼ばわりされるいわれはない。

百歩譲ってインチキだとしても、インチキのどこが悪いのだろうか。だれかの迷惑になるのか。カメレオンが生き延びるために、周囲に溶け込むよう身体の色を変えるのを「インチキだ」と言えるのか。

だれにも不都合な部分がある。「病気」などだ。その邪魔な部分を除外すればいい。除外しても無視するわけではない。重点が変わるだけだ。除外したことを明記しておけば、嘘にも隠蔽にもならない。例を示そう。

金はうなるほどある。日銀の金庫に。手元には大金も金庫もないが、悩みや心配事なら売るほどある。

豪邸の窓から絶景を見ながら三十畳の居間でくつろいでいる。どこかの大富豪が。わたしのいるところには、絶景もくつろぎもないが、泥棒に財産を取られる心配もない。ついでに言えば小遣いも人望もない。

原稿を書いていると、自分でも驚くほどの名文がスラスラと泉のように湧いてくる。大作家は。

数年前に比べ、レベルが上がり、人気も急上昇、世界から注目を集めている。タイサッカーは。

解説　コロナ下の哲学者、かく語りき

哲学者土屋賢二先生の「週刊文春」誌上の長期人気連載「ツチヤの口車」は、日常と世相を、読者の「常識」を脱臼させてくれるような発想と展開で語る読み物。「（読むと）なんとなく、ダメな自分が、そのまま、ダメなままで、生きていてもいいような気がする」を推薦コメントとして（！）、シリーズの文庫『無理難題が多すぎる』が２０２０年本屋大賞「超発掘本！」（こんなに長期有名人気なのに「発掘」！）に選ばれたばかり。

本文庫に収録されたものは２０１９年10月から２０２０年12月に掲載された分だ。よって途中から、「コロナ」や「感染」や「自粛」という言葉が混入してくる。それに伴い土屋先生の語り口は少しずつ変化していくように思う。人気エッセイストの真髄である軽妙さを、本質である哲学者メンタルの洞察力が上回り、冴え渡った筆は『鬼滅の刃』の日輪刀めいてくる。例えばわたしは以下の部分を繰り返し読んだ。

新型コロナの猛威が続いている。まるで長々と説教されているみたいだ。

ああ本当だ！　我々人類は昨年の年頭以来、「まるで長々と説教されている」みたいだ！　言語化されて初めて、「これは、それだったんだ！」と氷解するヘレン・ケラー、ウォーター体験。

長々とした説教自体にも鬱々うつむき悶々とするが、説教発信者の不明（一体誰からこんな仕打ちを?）に戦く。そこで我々日本人は、世界に先立ち『鬼滅の刃』を大ヒットさせ、大厄祓いをとり行った。個人的なアクションとしてはとある真夜中、この長々とした説教の不自由さ理不尽さに突如猛然と憤慨し、自由の女神のごとくすっくと立ち上がって（心の）拳を振り上げ、マイフランス革命と称して「人権侵害！　人権侵害！」と小声で高らかに（マスクをして）叫びながら一人で外を行進（散歩）して回って凱旋（鬱憤を晴ら）した。

そして。

だれでも自由はほしがると思っていた。だれでも刑務所に入るのをイヤがるはずだ。だが、パチンコ店に並ぶ客が「禁止になればいい。店が開いているから来るんだから」と言ったことには驚いた。自分で決める自由を放棄しているのだ。それなら国が全財産を差し出せという法律を作れば、喜んで従うのだろうか。

　人類は命を賭けて自由を勝ち取ってきたが、その一方で、これほど簡単に自由を放棄する人がいるのだ。


　全く同意。わたしがコロナで最も疑問に感じたのもこの部分だ。日本人は、自分の命までも政府に何とかしてほしいのか？　政府に生きろと言われたから生き、死ねと言われたから死ぬのか？　何たる屈辱！　そうだこういうことがずっと違和感だったのだと、先生の文章を読んでいて分かってくる。言語化とは、最たる精神衛生術なのだ。安全な箱の中で飼い慣らされ続けると、生きものは自分で自分を守れなくなる。精神の足腰をヤラれて自尊心を失い、スピリットが自立歩行不能になるから。命よりも、そのことの危機をわたしはひしひしと感じていたのだ。自分を最終的に何とかするのは自分だ。それに気づかされ続ける試煉期間は連綿と今も終わらない。

　ここで生きていていいのか、ここで死んでいいのか。今死んでいいのか。今死んでこのスマホを誰かに見られて恥ずかしくないか。やり残していないか。言い残していないか。言い過ぎていなかったか。あれはあれで良かったのか。あれしかなかったのか。今はこれでいいのか。これしかないのか。「これ」は望んだ未来か……。我々は生存の危機に晒されながら、命懸けの自問自答地獄を生きている。早くみんなでコロナサバイバーになってクラッカーを放ってシャンパン片手に、「あの時」を懐かしく語り合いたい。そんな渦中だ。

そんな渦中で究極のことを言ってくれるのは、例えば、自身の言葉に責任を持てる（持つことが仕事であるところの）学者という存在だ。解剖学者の養老孟司先生が朝日新聞（二〇二〇年五月十二日）に寄稿され「人生は本来、不要不急ではないか」と書かれていた。それを読んだときも不安の底に足がついたような、底着き感、不安に限界がある、無間地獄ではないことの安心感を得て救われたが、哲学者である土屋先生のお言葉では、共感により安堵し救われた。共感により、脳内の自問自答空回りプロペラが二重になり重くなり、速度を落として落ち着きを得たのだ。脳という宇宙を手にして全てを俯瞰する神視座で語るのが解剖学者養老先生、人類の叡知の昇華されたエッセンスを手にして、全てを疑いそれでも「そう思う我がいる」という実感を根拠に現象を観察分析するのが哲学者土屋先生なのだろう。俯瞰と疑いの専門家、二人の大賢者がそう言うならば、そこが人知のデッドエンドなのだろうと、例えばわたしはじたばたの抵抗をやめて「今ここ」にとどまる（自足する）。

人類におけるデッドエンドのサイン感受タイミングを見分けるのは簡単だ。それを感受した瞬間「思わず」笑いが出るから。「人生は本来、不要不急」「禁止になればいい。店が開いているから来るんだから」に関してわたしは、前者には硬い蕾がほころぶように笑い、後者には不謹慎にも吹き出した。

きっと戦争中にもこんな風に誰かがふっと笑ったり思わず吹き出したりしていたんだろう……。わたしは人類史上の災難ケースに思いを馳せ、同シチュエーションの今は亡き先人の困窮、困惑に同期共鳴し、今だけ、わたしだけではないんだと心を強くする。そして、物理的には見えない彼ら受難者とスピリチュアルミーティングを行い、深く交歓して元気(定位置)になる。

スペイン風邪の時もペストの時も、人はある時期から終わりが見え出し笑っていたことだろう。この笑い(拘泥から一転、俯瞰の態度)が、ライン越えのサイン。もうすぐ陸がありますよ、の、鳩がくわえてきたオリーブの葉。永遠拷問ではありませんよ、の光のお告げ。拘泥していた事態から引き剝がし浮遊させてくれる一滴の界面活性剤……。アメリカの大統領バイデンさんが言うように、今度のクリスマスには我々はきっと元の暮らしを取り戻し、「メリークリスマス!」とマスクなしで祝い合い乾杯しているのだろう……。どうか、そうでありますように……。

個人的に(最近この個人的というワードが非難されているようだ。「個人的以外にどういう立場があるの？」と。しかし、どこかや何かの制約や裏事情なしに純粋個人の感情でという意味においてやはり、個人的に）、「週刊文春」の連載物には思い入れがある。

高校生時代、当時の人気連載エッセイ（というより無駄のない文体という意味ではコラムだったのだろう）「読むクスリ」の密かにして熱烈な愛読者だった。「読むクスリ」とは実に全くナイスネーミングだ。上前淳一郎先生のあの連載は、読むと心身に効いてクスリと笑ってしまう養命酒のコーラ割りみたいな読み物だった。わたしは、父が毎週必ず買ってきて一通り読み終えふっとダイニングテーブルに雑誌を置くその瞬間を、今か今かと、全身を腹を空かせた犬の鼻先にして窺っていた。そしてやっと手にした「文春」を、急いでこっそり自分の部屋に持っていき、何度も何度も「読むクスリ」を読み返し、暗記したくらいになってから何事もなかったかの如く再びダイニングテーブルの上に、少し乱したしかし乱れ過ぎていない自然な雰囲気を纏（まと）わせ、時空の間断など微塵もなかったかのように置いておくのだった。

「読むクスリ」は「プチプロジェクトX」。「『分かりません』と答える社員が伸びる」「煮魚定食を上手に食べる若者が採用される」「大きな声で挨拶すれば強盗も逃げていく」「新聞の死亡記事を情報源にする」「『さてそのつぎは』を社訓にする」「『売り場』という呼び方を『お買い場』に変える」「剣道の『残心』はマナーに通ず」「サラリーマンは猫化する」……（文庫紹介記事より）などのエピソードが、どれも珠玉のプチミステリなのだ！　わたしは報連相（報告、連絡、相談が大事というビジネスマナーの頭文字を、野菜のホウレン草に音で見立てて並べた短縮言葉）も「読むクスリ」で学んだ……。

そう、「読むクスリ」のような内容の長期連載は、わたしのような門下生を生む。しかし土屋先生の読者は、門下生という感じではない。信者だろうか、ファンだろうか、それとも会員？……。デフォルメされた「御自身」や「妻」など定キャラが出てくる、人形劇の観客？　先生というゼミの聴講生？　先生という落語の客？

……と考え、ふっと、モモの後ろ姿が浮かんでくる。あの、ミヒャエル・エンデのファンタジーの主人公の、頭ボサボサの、スナフキンみたいな子ども浮浪者、モモ。そうか、とわたしは膝を打つ。『モモ』の作者のミヒャエル・エンデも本質は哲学者。モモは「哲学者」の脳内キャラのうち、最も雑みの少ない純粋哲学、つまり遊びの体現者。遊びをせんとや生まれけむ、という子ども。

土屋先生は、モモ同様、時間泥棒と戦う、自由の戦士。効率という名の味気無さと、言葉で戦う吟遊詩人。大人の心の空き地の守り人。この息苦しい空中に生い茂るエアプランツ……。我々読者は、先生が身を挺して生んだ余白で息抜き、または、深呼吸するサバイバー。

以下、更にわたしがスマホにメモした部分だ。

なぜ人間は不安を感じるのだろうか。答えは明らかだ。不安がなければ、行動は軽率になり、簡単にウイルスに感染し、事故で命を落としてしまう。生き延びるためには不安が必要だ。

どんな生物も、怯えることによって生き延びてきた。不可解な現象に接すると本能的に最悪の事態に備える。路上の縄を見てヘビだと思うのもこのためだ。

「中高年が危ない」の項は、どこと特定できず、全文メモした。この項は読み込んで暗唱したくなる、これでリーディング大会を開きたい程の完璧な「作品」で、緊急事態下で炙(あぶ)り出された、実は精神が緩みきっていて危険なこの国に対する警鐘を、その緩みを最も体現している日本のエアポケット的中高年の発言を取り上げ斬ることで鳴らしている。機能美というのだろうか、装飾皆無の鋏(はさみ)を見ているような簡潔美。一部引用する。

外出自粛要請の中、パチンコ店や居酒屋に群がる中高年男がテレビの取材に答

えている内容がヒドすぎる。（中略）

「〈自粛〉じゃなくて〈行くな〉と言ってくれたら行かない」（居酒屋の客）

お前は羊か？　自主判断は人間だけの特権だが、自主判断ほど人間の苦手なものはない（自主判断できるのなら法律も警察もいらない）。この客も、だれかに判断してもらい、都合の悪い結果が出たら批判する了見だ。責任回避したいのだ。自分で全責任をとる動物を見習えないか？　コロナに感染するよりも罰金の方を恐れるような判断力でよく生き延びられたものだ。逆に感心する。

「俺が行かないと店が潰れる。国が補償するなら行かない」（居酒屋の客）

さほど裕福には見えないが、店を支えるつもりなら、たんに送金すれば店はもっと助かるのではないか？　それほど親切なら、わたしの本を買い支えてほしい。

「自分は感染しない自信がある」（パチンコ店の客。八十代の高齢者）

その「自信」で人生、どれだけ失敗してきたか、その歳になれば分かるはずだ（わたしと同じく、人生のほとんどを失敗してきたような風采だ）。第一、それほど自信があるなら、なぜマスクをしているのか。（中略）

「『不要不急』の定義が分からない」（居酒屋の客）

若者からも聞かれる答えだ。では、「山」は定義できるのか（どれぐらい高ければ山なのかなど）？　「山」を定義できなければ登らないか？　「こっちに来い」と言われて、「こっち」がどの範囲を指すのか精密に定義できないという理由で拒否するか？

……このまま項全文引用したいシームレスモードだが、後は本文に戻って何度でも読んでいただきたい。コロナ下の重息苦しい空気を一刀両断する、快刀乱麻の爽快感、論語の如き無駄の無いリズム感を存分に味わえ心が整体されること請け合いです。引用部分の白眉は、「自分で全責任をとる動物を見習えないか？」。これは『鬼滅の刃』の「全集中」と共に現在のわたしの二大まじないワードとなっている、御守り帯刀パワー文だ。

本文によると、土屋先生の三十年来の夢は、ミステリ作家になることだという。人類が、晴れてコロナ明けに快哉を叫ぶ暁（あかつき）には、是非とも先生のお書きになっている（だろう）世界中でミリオンセラーのミステリ、『伊豆急行無殺人事件』が読めますように……。

九螺ささら拝
（歌人）

文春文庫

不要不急の男

定価はカバーに表示してあります

2021年7月10日　第1刷

著　者　土屋賢二
発行者　花田朋子
発行所　株式会社　文藝春秋

東京都千代田区紀尾井町3-23　〒102-8008
TEL　03・3265・1211㈹
文藝春秋ホームページ　http://www.bunshun.co.jp

落丁、乱丁本は、お手数ですが小社製作部宛お送り下さい。送料小社負担でお取替致します。

印刷製本・凸版印刷

Printed in Japan
ISBN978-4-16-791725-8

（　）内は解説者。品切の節はご容赦下さい。

土屋賢二
われ笑う、ゆえにわれあり
愛ってなんぼのものか？　あなたも禁煙をやめられる、老化の楽しみ方、超好意的女性論序説などなど、人間について世界について徹底的に考察したお笑い哲学エッセイ。（柴門ふみ）
つ-11-1

土屋賢二
われ大いに笑う、ゆえにわれ笑う
「わたしのギョーザをとって食べた人へ」「妻への詫び状」「論よりだんご」など、諸事万端、ユーモアとアイロニー溢れる切り口で論じたお笑い哲学エッセイ集第二弾。（木村晋介）
つ-11-2

土屋賢二
不良妻権
中高年の男が尊敬を勝ち取るためにはどうすればいいか？「男の美学ができるまで」「失敗から学ばない理由」など、日々の生活が楽しくなるユーモア・エッセイ六十篇。（池田栄一）
つ-11-22

土屋賢二
無理難題が多すぎる
何気ない日常にも哲学のヒントは隠れている。「妻になる！」と決心したり、「老人の生きる道」を模索したり、野球解説を考察したり――笑い溢れるエッセイ集。（西澤順一）
つ-11-23

土屋賢二
年はとるな
「引きこもり予防法」「人は見た目が10割」「人工知能に対抗するには」「笑いは不謹慎か」など哲学的思考で笑って目指す究極のアンチエイジング？エッセイ六十篇収録。（麻生俊彦）
つ-11-24

土屋賢二
そしてだれも信じなくなった
やたら待たされる銀行、〇〇するだけダイエット、敬語の存在意義。「だれも信じられない」出来事の数々に出会った哲学者が生み出す極上のユーモア・エッセイ六十篇。（荒井泰子）
つ-11-25

土屋賢二
日々是口実
異常気象、70代のスーパーボランティア、まさかの自身の骨折。そして老人ホームに入居？　ツチヤ教授の日々は慌ただしくも、思考の糧に満ちている。文庫オリジナル。（土屋幹雄）
つ-11-26

久世光彦
ベスト・オブ・マイ・ラスト・ソング

末期の刻に一曲だけ聴くことができるとしたら、どんな歌を選ぶか――。14年間連載されたエッセイから52篇を選んだ〈決定版〉。小林亜星、小泉今日子、久世朋子の語り下し座談会収録。

く-17-7

高橋順子
夫・車谷長吉

直木賞受賞作『赤目四十八瀧心中未遂』で知られる異色の私小説作家の求愛を受け容れ、最後まで妻として支え抜いた詩人が回想する桁外れな夫婦の姿。講談社エッセイ賞受賞。（角田光代）

く-19-50

宮藤官九郎
俺だって子供だ！

生まれたてなのに態度が部長クラスの娘「かんぱ」。その誕生から3歳までの成長を余すところなく観察した、爆笑の子育て苦行エッセイ！　巻末にかんぱ（5歳）との盗聴親子対談を収録。

く-34-1

宮藤官九郎
いまなんつった？

セリフを書き、セリフを覚え、セリフを喋って早20年。人生の半分をセリフと格闘してきた宮藤官九郎が思わず「いまなんつった？」と聞き返したくなる名＆迷セリフ111個をエッセイに。

く-34-2

宮藤官九郎
え、なんでまた？

『あまちゃん』から『11人もいる！』まで、あの名セリフはここで生まれた！　宮藤官九郎が撮影現場や日常生活で出会った名＆迷セリフについて綴ったエッセイ集。（岡田惠和）

く-34-4

小林秀雄
考えるヒント

常識、漫画、良心、歴史、役者、ヒットラーと悪魔、平家物語などの項目を収めた「考えるヒント」に随想「四季」を加え、「ソヴェットの旅」を付した明快達意の随筆集。（江藤　淳）

こ-1-8

小林秀雄
考えるヒント2

忠臣蔵、学問、考えるという事、ヒューマニズム、還暦、哲学、天命を知るとは、歴史、など十二篇に「常識について」を併載して、いま改めて考えることの愉悦を教える。（江藤　淳）

こ-1-9

（　）内は解説者。品切の節はご容赦下さい。

小林秀雄
考えるヒント3
「知の巨人」の思索の到達点を示すシリーズの第三弾。柳田民俗学の意義を正確に読み解き、現代知識人の盲点を鋭くついた歴史的名講演「信ずることと知ること」ほかの講演を収録する。

こ-1-10

佐藤愛子
我が老後
妊娠中の娘から二羽のインコを預かったのが受難の始まり。さらに仔犬、孫の面倒まで押しつけられ、平穏な生活はぶちこわし。ああ、我が老後は日々これ闘いなのだ。痛快抱腹エッセイ。

さ-18-2

佐藤愛子
これでおしまい
我が老後7
タイガー・ウッズの浮気、知的人間の面倒臭さ、嘘つきについて。20年間「悟る」ことなき爽快な愛子節が炸裂する！　冴え渡る考察とユーモアで元気になる大人気エッセイ集。
さ-18-24

佐藤愛子
冥途のお客
岐阜の幽霊住宅で江原啓之氏が見たもの、狐霊憑依事件、金縛り体験記、霊能者の優劣……。「この世よりもあの世の友が多くなってしまった」著者の、怖くて切ない霊との交遊録、第二弾。

さ-18-13

佐藤愛子
孫と私のケッタイな年賀状
初孫・桃子の誕生以来20年、親しい友人に送り続けた2ショット年賀状。孫の思春期もかえりみず、トトロやコギャルはては晒し首まで、過激な扮装写真を一挙公開！　（阿川佐和子）
さ-18-32

酒井順子
女を観る歌舞伎
嫉妬する女、だめんず好きな女……歌舞伎に登場する女性たちには、時を越えた共感と驚きがある！　著者の分析・分類が冴え渡る、楽しい歌舞伎論。市村萬次郎氏との対談を特別収録。

さ-29-8

堺　雅人
文・堺雅人
大きな話題を呼んだ、演技派俳優の初エッセイ。文庫版では蔵出しインタビュー&写真、作家・宮尾登美子さんとの「篤姫」対談や、作品年表も収録。役者の「頭の中」っておもしろい。

さ-60-1

西原理恵子
洗えば使える 泥名言

サイバラが出会った（いろんな意味で）どうかしている人たちが放った、エグくて笑えてじ〜んとする言葉たち。そのままじゃ食えなくても洗えば使える、煮込めば味が出る！（壇　蜜）

さ-73-1

司馬遼太郎
余話として

竜馬の「許婚者」の墓に刻まれた言葉、西郷さんの本当の名前――。歴史の大家がふとした時に漏らしたこぼれ話や、名作の舞台裏をまとめた、壮大で愉快なエッセイ集。（白川浩司）

し-1-139

東海林さだお
ゆで卵の丸かじり

ゆで卵を食べる時、最初にかぶりつくのは丸い方から？　白身と黄身のバランスから何口で食べ終えるのが正しい？　「食」への好奇心はいまだ衰えず。大人気シリーズ第33弾！（久住昌之）

し-6-83

東海林さだお
アンパンの丸かじり

にぎって、固めて、齧りつく。アンパンの別次元のおいしさに我を忘れ、ある時は「日本国鍋物法」を一人審議する……抱腹絶倒、大人気の「丸かじり」シリーズ第34弾！（重松　清）

し-6-85

東海林さだお
レバ刺しの丸かじり

もう一度アナタに逢いたい！　この世からレバ刺しが消える直前、さだおは走った――ナルトに対する選択肢・柿の種誕生物語・納豆ジャニーズ論など、第35弾も絶好調。（平松洋子）

し-6-87

東海林さだお
サンマの丸かじり

さようなら…。断腸の思いでプツンと頭を切り落とす。フライパン方式が導入されたサンマの悲劇。冷やし中華は「七人の侍」、許されざる太巻き、コンニャクとの関係など。（椎名　誠）

し-6-88

東海林さだお
猫大好き

なんとも羨ましい猫の生き方研究から内臓と自分の不思議な関係まで。ショージ君が深〜く考える、大好評エッセイシリーズ。南伸坊、パラダイス山元、近藤誠との対談も収録。（壇　蜜）

し-6-89